ELIA UMBERTO BENITO MELLONE

GLI AMORI E LE BATTAGLIE
DEI BOERI

Titolo | Gli amori e le battaglie dei Boeri
Autore | Elia Umberto Benito Mellone

ISBN | 978-88-91181-05-3

Youcanprint Self-Publishing
Via Roma, 73 – 73039 Tricase (LE) – Italy
www.youcanprint.it
info@youcanprint.it
Facebook: facebook.com/youcanprint.it
Twitter: twitter.com/youcanprintit

PROLOGO

Nel raccontare le storie d'amore sbocciate in Sudafrica, tra l'amazzone Betty Orange con i fratelli Tommy e Jürgen Duplessis, e in Inghilterra, tra il figlio di un re africano con la londinese Florence Katie Jewell, ho ritenuto opportuno inserire alcuni avvenimenti storici inerenti all'emigrazione dei Boeri, proiettati a lottare incessantemente contro le avversità, per dare origine ad una nuova Patria.

I personaggi sono stati, durante i vari periodi degli esodi, or protagonisti e ora semplici testimoni.

Gli avvenimenti storici si sono susseguiti nella Colonia del Capo, allorquando i Boeri, stanchi di soggiacere sotto il dominio Britannico, iniziarono un'epica marcia verso l'interno dell'Africa, riuscendo dopo violenti scontri con gli autoctoni e con gli stessi Inglesi, a fondare le repubbliche della Natal, di Potchefstroom, Lydenburg, Utrecht, Zoutpansberg nonché quella dello Stato libero dell'Orange.

Ora, per dare al lettore un senso compiuto della Storia relativa alla colonizzazione dell'Africa Atlantica e del Sudafrica, ho dovuto far risaltare l'epopea delle imprese marinaresche dei Portoghesi, i cui equipaggi, allo scopo di impossessarsi di grandi ricchezze, non esitarono ad affrontare l'ignoto, navigando su un mare *tenebroso e periglioso*. Con questa vocazione, i Portoghesi s'inoltrarono con ardimento sempre più a Sud, nell'oceano Atlantico, allo scopo di trovare una linea diretta con le Indie, per strappare ai ricchi veneziani il monopolio delle droghe e degli aromi.

Riuscirono infine a oltrepassare il Capo di Buona Speranza, ove costituirono una stazione di transito delle navi accedendo alla favolosa India.

Lì, nella baia della Tavola, gli Olandesi - subentrati ai Portoghesi - sbarcarono i primi coloni che dettero avvio alla storia dei Boeri.

Gli Inglesi a loro volta, approfittando dell'invasione dell'Olanda da parte dei Francesi, occuparono il 19 gennaio 1806 Kaapstand, chiamata poi Città del Capo.

Su questi precedenti storici è intessuta l'avventura dei nostri protagonisti.

Auguro agli amanti del libro una piacevole e interessante lettura.

L'autore.

Capitolo I

Il primo esodo dalla Colonia del Capo.

All'alba del 16 aprile 1821, prima ancora che il sole facesse capolino all'orizzonte, preludendo la visione dello spettacolare e lento delineamento delle creste di catene dei monti contro il cielo, François Duplessis galoppava verso Nord-est con il vento boreale che gli sferzava il viso. Era tutto infervorato dalla missione che si accingeva a compiere.

Gli tumultuavano nella mente le parole del nonno: cerca ad ogni costo il guado per attraversare il fiume con i carri.

Da tempo il patriarca della famiglia Duplessis progettava di trasferirsi su nuovi territori, apparentemente disabitati, per impiantare floride fattorie per i suoi figli, nipoti e pronipoti, in modo da raggiungere la sua piena indipendenza dagli inglesi.

François da un paio d'ore era diretto verso il fiume Garib, così chiamato dagli Ottentotti, che voleva dire grande acqua; esso delimitava il confine a nord della Colonia del Capo.

Era necessario pertanto, per il Duplessis, portarsi al di là del fiume per entrare in possesso di nuove fertili terre, in previsione di un trasferimento della sua famiglia patriarcale desiderosa di sottrarsi alle leggi inglesi.

Doveva tracciare la strada per permettere alle mandrie ed ai carri, trainati dai buoi e colmi di masserizie, di transitare su un territorio accidentato per raggiungere la meta, con un percorso senza eccessivi ostacoli.

François, prima di mezzogiorno, dall'alto di alcuni rilievi montuosi, guardando con attenzione la valle, si fece prendere dalla commozione nello scorgere i vapori, a tratti densi, che stavano dissolvendosi sul letto del fiume. Non poté che ammirare la lunga distesa d'acqua, come dune oscillanti su un dorato deserto.

Vi giunse, galoppando ancora per qualche ora; si fermò per bere, riposarsi e lasciare che il suo cavallo, liberato dalla sella, si abbeverasse e si immergesse nelle sue acque per rinfrescarsi le zampe e il ventre. Pensò di guazzare nel fiume, accaldato com'era, seguendo il trotterellare del suo cavallo, ma la sua mente era rivolta all'immenso territorio situato al di là del Garib.

«Non devo perdere tempo, su avanti, in sella. Mi sono ben bene rinfrescato».

Ora doveva cercare un guado per completare la sua ricerca.

«Dove posso trovarlo? Ed una volta avvistato devo essere ben sicuro che non sia una trappola. Non vorrei che la carovana, giunta in mezzo al fiume, si trovasse nella difficile posizione in cui è difficile sia andare avanti che tornare indietro».

Proseguendo lungo la riva del fiume, gli giunse l'eco del gorgoglio di una grande massa d'acqua dall'alveo molto largo e dal fondo ciottoloso.

"Ecco il guado" gridò soddisfatto, strofinandosi gli occhi per assicurarsi di non sognare. Ora doveva assicurarsi della massima altezza d'acqua del fiume in modo che i carri potessero procedere immergendosi tuttalpiù sino al mozzo delle ruote, preservando in tal modo il materiale caricato.

François attraversò il fiume al passo, per prudenza, anche se aveva fretta d'essere in quella nuova terra. Essa si presentava scura e grassa, vi crescevano abbondantemente varie specie di erbacee, fiori disposti in infiorescenze, margherite dai fiori tubulosi gialli, acetoselle dal fusto strisciante e piccoli fiori rosei dalle foglie tripartite, violette con fiori zigomorfi, tutte altamente nutrienti e adatte al pascolo di numerose mandrie.

Man mano che s'inoltrava nel nuovo territorio, guardava ora incessantemente la terra, ed or il cielo con un sorriso, e pago della sua ricerca si fermò ad ammirare lo spettacolo che gli offriva la natura.

Durante questa sosta gli si inumidirono gli occhi.

Fino ad allora quella stilla di lacrima, che si era frapposto alla sua vista, non gli aveva dato la possibilità di accorgersi che molto più in là, si trovava un boschetto. Asciugandosi gli occhi e aguzzando la vista poté notare i licheni che coprivano i fusti di quegli alberi che non venivano inondati dalla luce del sole, mentre il terreno circostante era tappezzato da anemoni e ranuncoli. Era convinto, che l'estensione di quel territorio, così come si presentava, fosse stato creato per lui e per la sua famiglia dall'Onnipotente.

A cavalcioni del proprio cavallo si inoltrò lentamente nella zona annusando l'aria temperata girandosi ora a destra e or a sinistra in un'estatica contemplazione.

«Sì, sì - diceva a se stesso - questa terra sarà di gran lunga più fertile di quella che noi vogliamo lasciare».

Poi, soddisfatto d'aver individuato questo scenario paradisiaco, smontò dal cavallo, s'inginocchiò, afferrò con tutte e due le mani delle zolle di terra strofinandole sul suo viso e, portandosele alle labbra, le baciò: «Oh Dio! Dio grande e sapiente!

Ecco la terra che ci hai promesso sulla quale noi della famiglia Duplessis costruiremo grandi fattorie; potremo renderci in tal modo finalmente liberi di commerciare i nostri prodotti con chicchessia.

Ti ringrazio, buon Dio, per questo dono meraviglioso.

Fa' che io ti possa onorare con tutto il mio essere, seguendo i tuoi precetti, e che alla fine dei miei giorni possa riposare in pace in questa nuova terra».

In quel periodo vi era confusione sul nome del fiume Garib, chiamato invece dagli Inglesi Groot River, grande fiume e. Orange, dagli Olandesi.

Quest'ultima designazione non era ancora entrata nell'uso comune, sebbene fosse stata così chiamato dall'esploratore R. J. Gordon nel 1777 in onore del principe d'Orange.

Il sole ormai aveva percorso tutto l'arco del cielo, e col trascorrere delle ore serali il vento ricomparve da dietro la catena montuosa addensando sul territorio nuvoloni sempre più densi e provocando improvvisamente l'oscurità più completa.

I familiari di François incominciarono a preoccuparsi.

Disposero che a nord del confine della loro fattoria si accendessero dei fuochi sulle colline, le più elevate, per facilitare l'orientamento di François in quella notte particolarmente scura.

A quell'epoca i cavalli erano rari in Sudafrica, per un'epidemia che si era estesa su tutto il territorio australe, ed erano forniti a caro prezzo dagli Inglesi, dai Tedeschi e per ultimo dagli Arabi che li commerciavano insieme agli schiavi. Pertanto non tutti i fratelli di François poterono cercare il congiunto comodamente in sella ad un cavallo.

La maggior parte di essi, muniti di torce arcaiche composte da bastoni di legno avviluppati da stoppa e cosparsi di grasso e pece, si posero alla sua ricerca, seguendo a piedi le orme lasciate dal cavallo di François.

Il fratello più grande aveva inforcato l'altro cavallo della famiglia per precedere il gruppetto dei ricercatori, ma prima di partire un ragazzetto riuscì ad afferrarsi ad una briglia allentata dallo zio costringendolo a fermarsi.

Era il quinto figlioletto di François, alquanto bravo nel suonare il piffero, convinto che il padre avrebbe certamente udito il suo strumento e di conseguenza si sarebbe avvicinato senza alcuna difficoltà ai suoi familiari. Lo zio intuito la determinazione di Tommy, se lo tirò per un braccio sulla sella e il piccolo si aggrappò soddisfatto al suo corpo.

Acquistato l'equilibrio sulla sella del cavallo, e a poca distanza dalla fattoria, Tommy portò alle labbra il suo piffero con l'ansia di rivedere presto il padre.

Ma trascorsero ancora ore d'inquietudine, non si scorgevano più le orme impresse sul terreno dagli zoccoli del cavallo di François cancellate dall'imperversare del vento che mozzava il respiro.

Il suono dello strumento di Tommy si era affievolito; la stanchezza ed il nervosismo incominciava a serpeggiare fra i ricercatori.

D'improvviso su una delle colline più distanti, uno schiavo udendo il calpestio di un cavallo, fece il segnale convenuto del cerchio con un ramo ardente. «Sia lode al Signore, mi stanno cercando, non sono più solo». François si riprese d'animo, gli fece comodo vedere il fuoco sulla collina per meglio orientarsi, ma non poteva galoppare a scanso di finire in qualche fosso, essendo il percorso accidentato.

Finalmente in quel buio pesto affiorò in lontananza la luce prodotta dalla torcia di suo fratello maggiore.

All'incontro Tommy abbracciò con le lacrime agli occhi il proprio padre, passando in groppa al suo cavallo.

François gridando andava ripetendo: «Ho scoperto il guado, siamo finalmente liberi dalla tirannia degli Inglesi; al di là dell'Orange vi è una terra pronta per essere coltivata, ed estesi pascoli per le nostre mandrie, è quella la nostra *terra promessa!*»

Ritornarono al piccolo trotto alla fattoria ove le donne avevano già preparato la cena; poi, sebbene stanchi, parteciparono tutti insieme alla festa ballando, cantando e suonando le melodie dei loro avi.

Alle prime luci dell'alba andarono tutti a dormire.

Il patriarca Duplessis fu l'unico a non partecipare all'allegria generale, eppure era stato lui ad ordinare a François di scoprire il guado.

Da tempo predicava che bisognava abbandonare la Colonia del Capo ed essere indipendenti dagli Inglesi.

Un suo avo era stato fra i primi Ugonotti che erano sbarcati a Kaapstad, la cittadina così denominata dai primi Olandesi, non lontana dalla baia della Tavola.

Secondo la prassi, per ottenere gratuitamente il suo podere di terra, - il *"lotto mutuato"* - l'avo Ugonotto aveva dovuto correre per un'ora a rotta di collo, in lungo e in largo, per delineare la sua proprietà. Essendo validissimo nella gara di velocità, riuscì ad ottenere il lotto più grande degli altri suoi connazionali dalla Compagnia Olandese.

Nacquero in tal modo i primi «burghers», ma più che all'agricoltura, i primi Boeri si dedicarono all'allevamento del bestiame.

Lì il suo avo aveva costruito la grande fattoria, aiutato dagli schiavi Ottentotti.

Lì erano nati tutti coloro che in Sudafrica portavano il nome dei Duplessis.

Lì si erano più che centuplicati gli armenti che costituivano l'effettiva ricchezza della famiglia patriarcale.

Ora al vecchio Duplessis mordeva il cuore lasciare tutto ciò che aveva costruito da quando, fanciullo, aiutava suo padre a mungere le vacche.

Da quel lontano periodo in cui il patriarca aveva ereditato la fattoria non si era mosso più da lì.

È vero che da tempo il patriarca si preparava a lasciare la sua fattoria per emigrare sulle nuove terre, ma è anche vero che in fondo al suo cuore sperava che suo nipote François, credendo che fosse inadeguato all'esplorazione per mancanza di acume, non avrebbe facilmente scoperto il guado necessario per attraversare l'Orange con i carri.

E invece, invece ce l'aveva fatta, rapportando con chiarezza tutte le difficoltà incontrate e il modo col quale si dovevano superarle. Ora, non poteva più tirarsi indietro. Nonostante l'età avanzata ed i suoi acciacchi si mise d'ingegno ad organizzare l'esodo.

«Come sarebbe stato bello essere sepolto nella terra che mi ha dato i natali,» esclamava ad ogni piè sospinto, e malediva quell'ingiunzione del governo Inglese che aboliva la schiavitù. «In quali condizioni economiche mi sarei trovato senza l'aiuto degli schiavi?»

Effettivamente era impossibile andare avanti con il regime della Colonia del Capo, che voleva paragonare tutti i negri ai coloni bianchi, permettendo loro di ottenere il permesso di comprare le terre ancora libere e allevare il bestiame che volevano.

Questo era troppo secondo la mentalità del patriarca!

Sì, proprio così, era troppo.

Meglio emigrare verso le terre libere ove non vi era ancora l'onnipossente legge inglese.

Il patriarca, il giorno successivo, prima del sorgere del sole, non volendo svegliare i familiari andati a letto alle prime luci del mattino, si premurò di dare i primi ordini agli Ottentotti, per le cure al bestiame.

Ora che aveva saputo dove guadare il fiume con i carri e le mandrie, incominciava a domandarsi come sarebbe stata la nuova vita sulle nuove terre che si accingeva ad occupare, senza essere costretto a correre da una parte e dall'altra per ottenere la sua proprietà come era stato costretto il suo avo. Ora aveva la facoltà di occupare un intero territorio.

L'unica consolazione era quella di esclamare, di tanto in tanto: «Bé, almeno se non muoio nella terra dove sono nato, morirò in quella occupata da uomo libero. Con l'aiuto di Dio, mai più soccomberò a vessazioni, angustie, ingiustizie e limitazioni da parte di chicchessia».

Nonostante questi rimpianti, il patriarca entro un mese si trasferì con la sua numerosa famiglia, con i suoi fedeli schiavi, le mandrie e tutto ciò che era trasportabile nella nuova terra pressoché disabitata.

Il vecchio patriarca poté constatare che suo nipote era stato bravo a tracciare il percorso che gli aveva consentito un facile passaggio nel nuovo territorio, protetto dal fiume Orange dalle interferenze inglesi, ed a est dal suo affluente, il Caledon, che li avrebbe messi al riparo da probabili incursioni dei Cafri.

Lì, nella *terra promessa*, il patriarca ebbe il riposo eterno.

****

Da quel trasferimento dalla Colonia del Capo erano già trascorsi una decina d'anni. Quasi tutti i figli del patriarca avevano occupato le altre terre limitrofe per costruirvi le loro fattorie. François rimase col padre nella nuova residenza con la sua famiglia.

Intanto in quel vasto territorio si erano stabilite altre famiglie patriarcali di Boeri. Essi avevano lasciato le loro sedi in seguito alle massicce immigrazioni di coloni inglesi, avidi di terra da coltivare, restringendo in tal modo i territori di cui usufruivano per i loro pascoli.

Gli Inglesi avevano favorito i loro connazionali, concedendo facilitazioni d'ogni genere, per essere maggioritari nei confronti dei Boeri, che erano recalcitranti all'autorità della Colonia del Capo.

Era cominciato in quel periodo l'esodo dei primi gruppi di Boeri; alcuni si fermarono oltre il Caledon, altri decisero proseguire verso il fiume Vaal sulle terre dei Cafri.

Capitolo II

Tommy e Betty.

Su quell'importante affluente dell'Orange che scorre placido nella grande pianura dell'altipiano, le cui acque limpide sussultano per un breve tratto sul fondo petroso, allargando a dismisura la foce del suo letto, prima di riversarsi nel grande fiume, andava ad abbeverarsi il bestiame di due famiglie che avevano preso possesso di una vasta area sullo stesso territorio, una sul lato destro e l'altra su quello di sinistra.

Le loro fattorie erano poco distanti da quell'emissario chiamato Caledon ed erano state costruite su dei poggi ove si poteva dominare la vallata e non essere soggetti alle possibili devastazioni delle piogge torrenziali.

Una piccola parte del territorio era densamente coltivata per la fertilità del suolo; il resto era lasciato a pascolo.

Una di queste famiglie era rappresentata da François Duplessis, l'esploratore, così veniva ormai chiamato dopo la scoperta del guado per attraversare il fiume Orange.

Dopo qualche anno dalla morte del nonno, l'esploratore volle edificare la sua fattoria vicino al Caledon, come avevano già fatto i suoi sette zii e zie nonché i sei fratelli e i venticinque cugini. Il patriarca, del resto, come tutti gli altri nonni d'origine ugonotta, visto che la sua discendenza ammontava a circa cento persone, aveva disposto che chi volesse costituire una propria fattoria, e alleggerire la grande famiglia, avrebbe dovuto ricevere l'aiuto dai suoi congiunti nell'edificazione della dimora, nella seminazione di almeno tre ettari di terra, compresi gli alberi da frutta e vitigni, e il possesso della centesima parte del bestiame e degli schiavi di loro proprietà.

Durante la costruzione della fattoria, Tommy, il suonatore di piffero, e il quinto figlio di François, si divertiva ad aiutare Hukanka, uno schiavo che veniva considerato un famiglio devoto. La moglie, Kaidda, era stata la baby-sitter di Tommy quando ancora era nubile.

Durante la costruzione della casa, che procedeva con l'impiego di pietre di roccia da sembrare più che altro un fortino, Hukanka cadde dal tetto, con la testa in giù sul basamento, procurandosi una vistosa ferita alla testa. Sembrava che dovesse spirare da un momento all'altro, ma Kaidda lo curò con tanto amore e dedizione che lo fece *risuscitare*, così avevano creduto gli altri indigeni, identificandola nello spirito benigno della sua nuova religione.

Tommy, che era stato accudito con altrettanto amore durante la sua prima infanzia da Kaidda, andava spesso a trovarla per incoraggiarla e aiutarla per un po' di cose, e nell'assistere il povero Hukanka che per un intero mese combatté fra la vita e la morte. Quando Hukanka incominciò a migliorare, era tanto debole che non riusciva a tenersi in piedi.

Kaidda era nata nella fattoria del patriarca, si professava calvinista, ed era devota alla famiglia dei Duplessis. Quando suo marito dette i primi segni di una possibile guarigione, pregò François di lasciarla libera, voleva raggiungere la capanna del suocero.

Il marito aveva manifestato, data la sua fragile ripresa, il desiderio di essere seppellito nella terra degli avi in caso di morte. Inoltre, essendo incinta, avrebbe potuto ricevere l'assistenza della famiglia di Hukanka.

François non si oppose, anzi manifestando una bontà d'animo non comune, le permise di condurre con sé una vacca e tutte le cose che era abituata ad adoperare.

Tommy pianse nel vederli partire con la mucca che trascinava penosamente una barella fabbricata con rami d'alberi, coperta da una stuoia su cui era disteso il povero Hukanka da sembrare un cadavere vivente.

****

François Duplessis aveva sistemato bene la sua fattoria. L'aveva edificata su un poggio dal quale poteva controllare la valle che aveva occupato fino alle pendici dei monti a Nord, e a Sud Ovest alle rive del Caledon quando questo fiume, deviando a destra, veniva nascosto dalle alture dei monti degli altipiani.

Era riuscito a moltiplicare la mandria, affidandola ai tre figli più piccoli; quelli più grandi si dedicavano all'agricoltura.

La famiglia di François, piuttosto numerosa, era composta di padre, madre e nove figli. La prima Giovanna, di seguito tutti gli altri: Friedrich, August, Andrey; poi Tommy e Jürgen (che sono i maggiori protagonisti di questo romanzo). Seguivano in ultimo Elisabeth, Erik e Henri.

Dall'altra parte del Caledon, vi era la fattoria della famiglia Orange, con una numerosissima mandria, che distava dalle rive del Caledon circa cinque miglia. Il fiume costituiva, per così dire, il confine fra le proprietà dei due coloni.

Conducevano le rispettive mandrie i figlioli dei predetti coloni: Tommy Duplessis e Betty Orange. Quest'ultima proveniva da una famiglia olandese, i cui avi furono i primi a colonizzare la Colonia del Capo.

Ciò avvenne quando un medico di marina, Jan van Riebeek, ravvisando nella natura del suolo e nel clima del paese le condizioni propizie per la fondazione di una colonia di popolamento, anziché di una semplice colonia commerciale, sbarcava nella baia della Tavola i primi 18 coloni olandesi l'otto aprile del 1652.

Gli avi di Tommy, invece, provenivano dalla Francia, all'epoca delle guerre di religione durate trent'anni fra cattolici e calvinisti.

L'antenato dei Duplessis, costretto dagli avvenimenti ad allontanarsi dalla propria patria, si rifugiò insieme agli altri Ugonotti nella Colonia del Capo, allora possedimento Olandese, dopo la revoca dell'editto di Nantes del 1689. Questi Ugonotti che erano vissuti durante un periodo di violente diatribe nella loro patria d'origine, seppero ben presto sposare e far propri i motivi delle difficoltà dei Boeri; dettero origine e sviluppo a un sentimento di fraternità, infondendo in questi ultimi nuove idee per sollevarsi dal loro stato di inferiorità rispetto ai dominatori. Gli Ugonotti immigrati nella Colonia del Capo avevano introdotto fra l'altro la vite, con la quale riuscirono a produrre il famoso vino di Costanza.

Tommy eseguiva con scrupolo il suo lavoro e non si era mai soffermato sull'origine della sua famiglia. Conduceva la mandria al pascolo e verso mezzogiorno si avviava sulle sponde del Caledon, per l'abbeveraggio. Poi con i suoi fratelli minori Jürgen ed Erik, che l'aiutavano a tener uniti gli animali per evitare che si disperdessero, si spostavano più in su del corso d'acqua per dissetarsi e riempire le borracce. Dopodiché Tommy si sedeva su un poggio per meglio sorvegliare la mandria e con un piffero ricavato da una canna di bambù, emetteva le note musicali del suo paese d'origine.

Jürgen ed Erik, stufi di sentire le medesime melodie suonate dal loro fratello, si ritiravano distanti da lui, dopo l'ampio spazio occupato dalla mandria.

Dall'altra parte del fiume, più giù, ove l'acqua volgeva improvvisamente sulla sinistra, formando una piccola conchetta, Betty Orange conduceva la sua mandria controllandola in sella su un meraviglioso destriero bianco con l'aiuto di cinque schiavi ottentotti.

Aveva un portamento fiero come lo era stato Guglielmo III d'Orange. Correva da un capo all'altro della mandria per darsi un contegno ed assaporare il piacere di sentire i lunghi e biondi capelli svolazzare sul suo volto.

Il suo corpo possedeva muscoli uguali, se non superiori, a quelli degli altri uomini che si dedicavano al bestiame o all'agricoltura. L'unica femminilità che si scorgeva in quella ragazza era il suo dolce viso e i grandi occhi di un verde chiaro, che rischiaravano i suoi tratti somatici ormai adombrati dal continuo saettare dei raggi del sole sulla sua pelle. Dotata di un formidabile udito percepiva i suoni che si producevano nelle lontane foreste classificando l'intensità, la provenienza e se prodotto da cause naturali o da esseri viventi.

Betty aveva saltuariamente udito l'armonioso suono del piffero, senza tuttavia interessarsi al suo musicista.

Le melodie prodotte dal piffero venivano attutite dai rumori e dalla confusione provocate dall'esodo dei primi Boeri. Quest'ultimi dopo d'aver sostato per qualche tempo sulle rive del Caledon, ricominciavano la loro marcia diretti al Nord.

Ora, nel silenzio del territorio, aveva più volte risentito il suono del piffero; decise questa volta di deviare il solito percorso per avvicinarsi alla provenienza della musica e conoscere il suonatore; ma la sua mandria, all'odor dell'acqua, assetata com'era, aveva imboccata la strada più breve in modo forsennato verso il fiume.

L'indomani Betty percorse un altro sentiero più a Nord, che conduceva ad una conchetta, sbucando questa volta alla vista della mandria di Tommy, ove se ne stava seduto a suonare il suo strumento. Il ragazzo, preso da arsura, scese alla riva per dissetarsi quando s'accorse che l'acqua era torbida. Alzando la testa poté notare che una mandria, di numero superiore alla sua, era scesa nel fiume per abbeverarsi.

«Ohilà, - si mise a gridare, - non è questo il modo di abbeverare gli animali quando poco distante vi è un'altra conchetta. Mi hai intorbidito l'acqua e rimarrò con l'arsura nel corpo per l'intera giornata».

Jürgen e Erik ebbero solo un sussulto d'indignazione alle proteste del loro fratello, ma guardando l'acqua scorrere, che non era poi tanto torbida e si andava schiarendo, sorrisero per la sua collera.

«Maledizione! - continuò Tommy - Perché non ti fai almeno vedere? Così saprò che faccia hai».

«Son qui, non ti regge la vista? Poi non c'è bisogno di sbraitare tanto! Hai paura di bere?

Allora accomodati più su dove l'acqua, secondo te, è più pura; così potrai verificarne la differenza. Quello che è certo, ammesso che possiedi la capacità di giudicare, la troverai più fresca di questa che scorre davanti ai tuoi piedi».

«Oh, bella questa!

Sarei io che mi devo scomodare avendo ragione, e non tu a porgermi la tua borraccia? E che sia stracolma fino all'orlo!»

«Te la porto io l'acqua, a patto di non continuare ancora a piagnucolare!»

Così l'amazzone con il suo cavallo bianco attraversò il fiume porgendo all'irato Tommy la sua borraccia.

«Eccomi qui, tieni, ma prima di bere ti devi spargere l'acqua sul capo per raffreddare la tua testolina».

«Ah! Guarda, guarda, tu saresti l'amazzone della prateria? Conosciamo la tua bravura nella conduzione degli animali ma non quella di infischiarsene dei tuoi simili. Comunque lieto di conoscerti, finalmente.

Lo sai che hai un bel cavallo? È tuo? Dove te lo sei procurato? Noi ne possediamo uno solo e per giunta non è bianco come il tuo».

«Non sai dire altro?»

«Cosa vuoi che ti dica!»

«Almeno un ringraziamento. Non ero tenuta a portarti l'acqua».

«Cosa! Tu per risarcirmi dovevi portare l'acqua anche per le mie bestie».

«Ma non farmi ridere, per favore, la prossima volta vattene più su, ove l'acqua è certamente più limpida».

Detto questo, Betty spronò il cavallo e ritornò fra la sua mandria.

L'indomani Tommy condusse le sue bestie ancora più a nord del fiume, per far dispetto alla ragazza, così l'acqua fangosa sarebbe arrivata a lei. Ma la piccola strategia non ebbe nessuna influenza negativa perché l'acqua, data la distanza fra le due mandrie, si era già schiarita. Comunque Tommy, sicuro che di lì a poco avrebbe ricevuto le proteste dell'amazzone, si mise a suonare soddisfatto il suo piffero.

Non si sbagliava; ecco, infatti, dopo circa mezz'ora, arrivare a galoppo sul suo cavallo bianco l'amazzone.

Tommy che si aspettava una reazione allontanò il piffero dalle sue labbra.

Lei avvicinandosi gli disse: «Ti prego, continua a suonare, mi piace la tua musica».

Sorpreso, Tommy le sorrise. Cominciò questa volta a suonare il motivo della cornamusa scozzese.

«Ne ho abbastanza di ascoltare questa marcia delle parate militari inglesi! Non sai suonare altro?»

Tommy fu soddisfatto di questa reazione, voleva dire che lei odiava gli inglesi a par suo. E si presentò: «Appartengo alla famiglia Duplessis, il mio nome è Tommy. Tu chi sei?»

«Sono Betty d'Orange e la mia fattoria è a circa 5 miglia da qui».

«Accipicchia! Appartieni allora alla famiglia reale inglese!

Se ben ricordo Guglielmo III nel 1689 divenne re d'Inghilterra. Bene, bene, sono oltremodo fortunato di conoscerti».

Poi alzando la voce per farsi udire dai suoi fratelli: «Altezza Reale! Sono onorato d'essere un suo suddito.

Suo padre cinge ancora sul suo capo la magnifica corona di Re? Allora ho fatto bene a schierare il mio seguito che, nell'attesa di essere presentato a Sua Altezza, si sta dissetando e smacchiando ben bene gli abiti. Anche loro, vedrà Altezza, non mancheranno di prostrarsi ai suoi piedi per renderle omaggio».

«Spiritoso! Non t'accorgi che fai la figura di esaltare gli ex regnanti?

Comunque il principe di Orange dovrebbe essere un mio lontano parente, e non è detto che non venga incoronato dagli Inglesi Re di questi selvaggi!»

«In tal modo potresti far da damigella d'onore ad una negra che non potrebbe che essere una delle concubine del principe!»

«Ti prego, smettiamola con queste burle.

Piuttosto come la vedi l'emigrazione di una buona parte dei Boeri verso la Transvaal?»

«Il mio parere non conta molto, ma penso che si stia commettendo un grosso errore disperderci in territori sempre più vasti.

Dobbiamo tener pur presente che noi, in effetti, se vogliamo essere giusti, facciamo la figura di essere gli invasori di territori, seppure poco popolati, appartenenti agli indigeni.

Ed è giocoforza privare i pascoli agli autoctoni, subentrando con le nostre mandrie.

Loro, specie la razza Bantù, sono immigrati molto prima di noi dalle loro sedi originarie, site nella regione dei grandi laghi dell'Africa orientale, sui territori che andiamo ad occupare. Con questa nostra immigrazione non vi è più spazio per loro.

Non sempre questi selvaggi sono disposti a lavorare per noi per un pezzo di pane, ponendo fine alla loro atavica libertà.

E poi, invadendo il loro territorio priveremo questa gente del loro sacrosanto diritto di cacciare gli animali, pratica consolidata da migliaia d'anni.

In fin dei conti, anche su questo territorio delimitato dal fiume Orange, i padroni dovrebbero essere gli indigeni, e se vogliamo essere ragionevoli, non dobbiamo lamentarci se questa gente di tanto in tanto ci ruba qualche capo di bestiame.

Possiamo dire che, anche in tal caso, ci verrebbe a costare molto meno delle limitazioni imposteci dalla Compagnia della Colonia del Capo».

«Tu vivi fuori della realtà. Qui bisogna combattere per sopravvivere. Se qualche selvaggio mi dovesse rubare il bestiame, non esiterei a spargli».

Replicò Tommy: «Sei troppo drastica. La coscienza non ti rimorderebbe? Ma dimmi, qual è la tua religione?

Sei certamente cristiana, come me, eppure se dovessi uccidere, lo farei solo per legittima difesa.

A parte ogni altra considerazione, noi siamo appena diecimila, loro invece sono centinaia di migliaia sparsi in tutto il Sudafrica. Avresti il coraggio di sterminarli per appropriarti della loro terra?»

«Sei un ingenuo quando parli in questo modo. Non mi sono mai sognata di uccidere questi selvaggi, ma la Bibbia non dice occhio per occhio e dente per dente?»

«Il nonno di mio padre non era drastico come te. Quando dalla Colonia del Capo arrivò l'Ordinanza di abolire la schiavitù, il mio avo si preoccupava che i suoi schiavi sarebbero caduti nelle mani dei Cafri o degli Arabi, i quali, senza alcun scrupolo li avrebbero allontanati dalle loro famiglie per inviarli come schiavi nelle Americhe ai lavori dei campi. Egli, inoltre, era sicuro, e ne inorridiva al pensiero, che quando i mercanti di carne umana avvistavano i brigantini-golette o vascelli inglesi, gli schiavi che erano sulle navi-golette negriere venivano buttati a mare con le catene ai piedi, in modo che annegassero subito, per non essere scoperti e incorrere nelle severe leggi britanniche contro la schiavitù».

«Senti un po'- riprese a dire Betty - dobbiamo ancora parlare di vita e di morte? Parliamo d'altro, ti va?»

«Per me va bene. È meglio cambiare argomento».

«Allora dimmi, - interloquì Betty - la scorsa settimana ho sentito dalla mia fattoria un'orchestra che suonava musica da ballo. La tua famiglia organizza sempre tali festicciole?»

«Sono più che altro riunioni di famiglia che si effettuano alla domenica in cui intervengono volentieri vecchi amici con i quali discutiamo i problemi del giorno. Dopo pranzo, per concludere la giornata in bellezza, organizziamo una grande festa ove tutt'insieme balliamo per smaltire il cibo. Immagina!

La nostra sola famiglia si compone di più di cento persone. Alcuni, quando sono stanchi di ballare, danno il cambio ai suonatori. La prossima domenica siamo noi a essere invitati, stabilendo così un turno per divagarci dai nostri problemi.

Vuoi unirti al mio gruppo, Betty?

La tua presenza e quella della tua famiglia non può che ravvivare la festicciola».

«E quando organizzerete la prossima festa?»

«Certamente la prossima domenica, come è stato già stabilito».

«Ci saremo. Ora debbo andare. Salutami i tuoi fratelli. Perché sono sempre in disparte?»

«Veramente sono io che mi tengo lontano da loro. Mi piace isolarmi e suonare il piffero. A loro non piace la mia musica, sicché devo trovare sempre il luogo controvento per non far arrivare alle loro orecchie il suono del mio strumento».

«A proposito dell'abbeveraggio, possiamo incontrarci alla grande conca qualche chilometro più giù? Così nessuno di noi potrà dire di sentirsi infastidito dall'inquinamento dell'acqua. Bye, bye Tommy.»

Cap. III

L'attacco dei Basuto.

Betty voleva mantenere la promessa fatta a Tommy d'incontrarlo alla grande conca del Caledon.

Conscia di essere considerata un maschiaccio, cercò fra le sue cose qualche abbigliamento diverso da indossare per essere più avvenente agli occhi di quel ragazzo. Ma non trovò niente che le piacesse; si ricordò però d'aver visto, qualche tempo addietro, il costume da bagno di sua madre che l'aveva acquistato, a suo tempo in Olanda prima di imbarcarsi per il Sudafrica, ove già da tempo dimoravano i suoi familiari. Allora non perse tempo; lo tirò fuori da un vecchio baule, che era stato relegato in soffitta, e lo indossò sotto il suo abituale abbigliamento.

Il costume era un pochino abbondante, tanto da lasciar scoperto il collo e le spalle; al contrario le copriva ampiamente sia i polsi che le caviglie. Betty pensava che immerso nell'acqua si sarebbe ristretto.

Contrariamente a quanto aveva felicemente programmato, le operazioni di mungitura e governo degli animali subirono ritardi per un principio d'incendio nelle stalle, che presto si estese agli altri locali.

Con rincrescimento Betty dovette abbandonare il piano di trascorrere finalmente una giornata differente dalle altre, così accuratamente preparato, e di cui si era ormai assuefatta.

Betty era al massimo del suo nervosismo fu piuttosto aspra con gli Ottentotti ai quali imputava negligenza ed imperizia nell'accendere le lampade ad olio per rischiarare il buio nelle stalle prima del sorgere del sole.

Non le rimase altro da fare che pascolare la mandria nelle vicinanze della fattoria e far abbeverare le bestie nel vicino laghetto artificiale. I lavori di ripristino delle stalle durarono due giorni, per cui Betty non poté allontanarsi dalla sua fattoria.

Intanto Tommy arrivò con le sue bestie alla conca del Caledon; col trascorrere delle ore, non vedendo arrivare Betty, dapprima ne fu meravigliato, poi gli subentrò l'amarezza.

«Perché mai non è venuta? - si andava ripetutamente chiedendo. - Forse perché non sono stato abbastanza chiaro che sarebbe stata accolta con entusiasmo e non ho avuto inoltre l'eloquenza di descriverle l'allegria prodotta dai partecipanti alla festa, dai bambini agli anziani.

È per questo forse?

Per la mia mancanza di chiarezza?

Forse Betty, convinta che non si sarebbe divertita, pensando alle noiose discussioni tra gli ortodossi di rigida fede calvinista, ha deciso di non farsi vedere, per non disdire ciò che aveva promesso.

A Tommy piaceva conversare con lei, ne subiva il fascino. Probabilmente perché portava un cognome glorioso, o perché veniva denominata un'amazzone che correva, col suo impetuoso cavallo bianco, nelle praterie da un capo all'altro della sua mandria, oppure perché la sua figura di donna o uomo rimaneva un'incognita, e quindi piena di misteri che ognuno avrebbe voluto svelare. Inoltre dimostrava una grande padronanza di sé, nel suo dire e nel suo fare, e Tommy, per il suo carattere remissivo e bonaccione l'aveva innalzata su un piedistallo.

A tal proposito, per fare una bella figura, si era preparato un bel discorso, ed ora, tutto quell'allenamento mentale si riservava nel vuoto.

D'istinto, dopo il primo giorno, verso sera pensava di avvicinarsi alla fattoria di Betty, attraversare il fiume con la mandria, visto che risalendo e discendendo le sue sponde non l'aveva incontrata. Ma l'assalì l'inquietudine, per la responsabilità che si sarebbe assunto nel condurre le bestie sull'altra sponda.

«Ma dove si sarà cacciata?»

Comunque, col pensiero che l'avrebbe rivista per la festa della prossima domenica, smise di cercarla.

Jürgen ed Erik, i fratelli di Tommy, incominciarono a essere impertinenti:

«Betty secondo noi non si farà più vedere da te per non ascoltare la tua musica».

«Non è vero, ella ama il suono del mio piffero».

«E allora perché non è venuta all'appuntamento?»

«La volete finire col prendermi in giro?»

«Vogliamo fare solo delle congetture. Può darsi che Betty si sarà sperduta ed invece di andare alla grande conca del Caledon avrà percorso le rive dell'Orange, e non trovando il guado, nell'intento di poterlo attraversare ugualmente, sarà stata inghiottita con la sua mandria nei suoi flutti».

«Siete uccelli di malaugurio! È ora di finirla con queste ciance!»

Comunque Tommy, pensando di trovare Betty fino alle gole del Caledon, allungò il percorso del ritorno lungo le rive del fiume. Tommy aspettò invano per qualche ora e, non vedendola, ritornò prudentemente verso la sua fattoria prima che arrivasse il buio della sera.

Intanto nella fattoria di Betty il laghetto si era prosciugato per spegnere l'incendio, e fu giocoforza condurre la mandria il giorno dopo al fiume per l'abbeveraggio.

Betty si era alzata più presto del solito, indossò di nuovo il costume da bagno sotto il vestito, dispose i famigli ai loro posti di lavoro per la mungitura del bestiame, poi con fretta condusse il bestiame alla grande conca del Caledon arrivando prima di Tommy.

Nonostante ci fossero delle nuvole, si spogliò e si immerse nelle sue acque.

Tommy, arrivato più tardi, si stupì nel vederla nuotare velocemente da una sponda all'altra. Rimase per qualche tempo imbambolato.

Non aveva mai visto una ragazza con indosso un costume da sembrare una corazza.

I suoi fratelli lo sollecitarono: «Buttati nel fiume, fai vedere che sai nuotare».

Tommy credeva di sognare.

Lo riscosse Erik.

«Allora, ti decidi di raggiungerla?»

«Ma non si offenderà che la veda in quel ridicolo costume?»

«Ma no. Se lo ha indossato è per essere ammirata da te per dimostrarti d'essere una bella ragazza e non un uomo».

Tommy alfine si decise.

Si tolse il giubbotto e la maglietta, e giù anche lui nel fiume.

Betty se n'accorse, gli andò incontro schizzandogli l'acqua sul viso. Lui di rimando scese sottacqua e afferrandole i piedi la costrinse a toccare il fondo.

Lei per liberarsi, contorcendosi su se stessa, gli passò fra le gambe in modo da metterlo in difficoltà facendogli arcuare la schiena verso i suoi polpacci. A questo punto Tommy lasciò la presa e ambedue riaffiorarono sul pelo dell'acqua. Usciti infreddoliti, si posero distesi sull'erba ad asciugarsi sotto il sole che, uscito dalle nuvole, risplendeva luminoso.

I due ragazzi erano raggianti di felicità.

Riscaldati, andarono a rifornirsi delle loro colazioni per consumarle insieme su uno spazio erboso, sul quale Betty aveva disteso una tovaglia di lino olandese, ricamata al centro con motivi floreali.

I fratelli di Tommy erano riluttanti a partecipare alla colazione ma dopo che Betty dette un bacio sulla guancia di Erik, si sbrinarono, tanto che tutti e due ricambiarono il bacio.

«Sai perché - disse Erik durante la colazione - non volevamo mangiare con voi?»

«Bé, immagino che foste timidi e imbarazzati nei miei confronti».

«No, no, è perché ti credevamo morta».

«Morta?»

«Eh sì. Perché non sei venuta l'altro giorno alla grande conca? Allora abbiamo pensato che tu avessi voluto attraversare l'Orange, più giù della confluenza del Caledon, e saresti stata travolta dalla corrente del fiume».

«Non sono potuta venire perché vi è stato un incendio che ha bruciato le stalle e una parte degli alloggi degli schiavi.

Ma ora gustate questi formaggi. Sono come dei dolci e preparati secondo un'antica formula olandese.

Nell'ingoiare queste prelibatezze ai ragazzi si illuminarono gli occhi, tanto che Betty, soddisfatta si rivolse a loro: Vi piacciono?»

«Uh! Sì, molto».

«Raccontami dell'incendio - proruppe Tommy alquanto preoccupato - vi sono stati dei feriti? Avete subito parecchi danni?»

«Abbiamo domato completamente l'incendio solo a sera. Ieri tutto ciò che s'era perduto è stato ricostruito. Ora parliamo della festa di domenica. Ho una voglia matta di ballare».

«Se vuoi ballare - disse Jürgen, che fino ad allora era rimasto completamente muto - lo possiamo fare subito. Tommy suonerà e io ti farò da cavaliere. Devi sapere che mi chiamano il ballerino».

A Tommy non piacque quest'uscita del fratello, un bel ragazzo sui quattordici anni, alto quasi quanto lui, ma meno robusto, esile a tal punto da sembrare lo stelo d'un fiore.

«Allora, Tommy, ti dispiace suonare? - riprese a dire Betty - «Non ne ho voglia e poi senza accompagnamento non sono in grado di far ballare alcuna coppia».

«Non è vero, Betty!

Lui si vergogna e non gl'importa un fico secco di accontentarti».

«E va bene! Suonerò per un sol balletto» rispose Tommy indispettito.

Betty era alta, sovrastava di una spanna il suo cavaliere. Nonostante ciò eseguirono con grazia il balletto.

Finito un ballo, Jürgen e Betty ne reclamarono un altro e poi un altro ancora, tanto che Tommy, preso dall'entusiasmo, cominciò a ballare prima da solo e poi con i due ballerini, tenendo bene in alto il suo piffero che emanava la melodia di più composizioni di stupende ballate che esprimevano un eccessivo sentimentalismo. Tommy, certo, non era portato per il ballo e al confronto del fratello sembrava un handicappato sbagliando continuamente il ritmo e rimanendo teso come un palo.

I balli terminarono quando ormai si avvicinava la sera ed era indispensabile ritornare alle rispettive fattorie.

Vi era la consuetudine di ritornare alle masserie cambiando il tragitto del mattino.

Ma questa volta, poiché s'era fatto tardi, per abbreviare il cammino Betty ripercorse lo stesso itinerario del mattino. Uno schiavo era in testa alla guida della mandria, quattro ai lati, mentre Betty seguiva le bestie in retroguardia in modo da assicurarsi che nessun capo si disperdesse.

La giornata era stata troppo bella, troppo movimentata, troppo inaspettata, veramente importante per lei, perché si sentiva appagata nel ruolo di una ragazza riconosciuta nella sua femminilità. Era troppo, forse esageratamente felice,

Ora in lei, però, subentrava la stanchezza e con questa la tristezza di dover lasciare i due compagni che l'avevano fatta tanto divertire.

Aveva il presentimento che dovesse accadere qualcosa di molto grave. Paventava un pericolo imminente.

Anche se lo scacciava, pensando alla bella serata trascorsa, dopo un poco le ritornava la stessa sensazione che la rendeva nervosa e insofferente.

Ricordava sempre il detto di sua nonna: «Quando sei troppo felice, vuol dire che poi avrai un dispiacere».

Pertanto Betty era pensierosa sul suo destriero bianco, e si rammaricava per aver lasciato Tommy e Jürgen senza avere avuto l'ardire di abbracciarli entrambi.

Non s'accorse lì per lì che un gruppetto di vacche, forse tre o quattro, si allontanavano indisturbate dalla mandria penetrando fra l'alta erba prospiciente un boschetto. Sembrava fossero condotte da uomini invisibili con la complicità del primo buio della notte. Betty si riscosse dai suoi pensieri per un muggito proveniente appunto da quella radura.

Ebbe appena il tempo di vedere la coda dell'ultima giovenca per rendersi conto di quanto stava accadendo.

Spronando il cavallo si diresse in quella direzione, accolta dal lancio di numerose frecce. Una la colpì al polpaccio punzecchiandolo appena, un'altra le si era conficcata soltanto con la punta sulla coscia sinistra. Per nulla intimorita, la estrasse non facendo caso al dolore, poi impugnò la pistola sparando all'impazzata nella direzione da dove erano partite le frecce.

Quando vide finalmente l'erba muoversi lievemente a causa del passaggio di una persona, sfoderò il suo fucile dal fianco della sella, prese la mira e fece fuoco. Ricaricò il fucile sparando il secondo colpo, lo ricaricò di nuovo e al terzo sparo udì un urlo di dolore.

Si diresse ove erano raggruppate le sue vacche, pensò di rincorrere i fuggitivi che si erano inoltrati nella boscaglia. Ma il sangue che si era sparso sulla sua coscia l'indusse a tornare indietro. Con una manovra brillante spinse le bestie a ritornare sul sentiero tracciato dalla grande mandria che, impaurita dagli spari, aveva cominciato a correre verso la fattoria rallentando l'andatura in vista delle loro stalle.

Le ferite riportate da Betty non erano profonde; le frecce erano state lanciate da notevole distanza dai guerrieri che si erano appostati sugli alberi del vicino boschetto, per avvistare la mandria e dare le indicazioni ai loro compagni, e, in un certo senso, la loro velocità era stata rallentata dal vasto fogliame.

Betty a casa sua fu curata a dovere. L'indomani però il suo posto venne assunto da Andries, uno dei suoi fratelli. Rimase a riposo per due giorni; al terzo, insofferente d'essere trattata come un'inferma, Betty sellò il suo cavallo e in groppa ad esso si ripromise di raggiungere, andando al piccolo trotto, suo padre ed i suoi fratelli che coltivavano un'infinità di prodotti agricoli.

Betty, durante il percorso, s'accorse d'essere spiata da due, dieci, cento occhi neri, forse mille. Il sole rifletteva di tanto in tanto i bagliori di oggetti di metallo, provenienti dalle alte erbe della savana. Betty si rammaricò d'essere sprovvista delle sue armi.

Buon per lei. Avrebbe affrontato gli indigeni e certamente sarebbe stata soprafatta.

L'istinto l'indusse a sferzare il cavallo, e a gran galoppo raggiunse i campi ove lavoravano i suoi familiari con gli schiavi.

Nell'avvicinarsi gridò con quanto fiato avesse in corpo ai suoi: allarme, allarme! Sono inseguita da un'orda nera.

I Basuto dell'Africa australe avevano giurato di vendicare il loro congiunto ucciso per aver tentato di rubare, con i suoi compagni, soltanto qualche giovenca. Dapprincipio il loro intento era quello di rapire la ragazza. Da giorni l'avevano spiata e quando videro gli uomini allontanarsi per il lavoro dei campi, decisero di entrare in azione. Poiché sapevano che sicuramente avrebbero incontrato resistenza costituirono un esercito di centinaia di guerrieri.

Betty era già fuori dalla fattoria ed ai Basuto non rimase altro da fare, visto che la preda sfuggiva, che rincorrerla. A questo punto si videro costretti ad affrontare anche i suoi familiari che erano nei campi. Non demorsero davanti a questo imprevisto. Erano caparbiamente sicuri delle loro buone ragioni.

Reputavano che fosse loro diritto appropriarsi di una piccola parte del bestiame, dato che li portavano al pascolo nei loro campi senza nulla dare in cambio, ma pretendendo sempre più vasti territori, riducendo in tal modo le loro riserve di caccia e di pastura costringendoli ad emigrare altrove.

I Basuto, nella loro azione di rappresaglia, avevano commesso lo sbaglio di perdere troppo tempo per organizzarsi. Circondarono l'intero territorio che costituiva la florida fattoria che si estendeva per diversi ettari, diradando in tal modo le loro forze. Ciò allo scopo di evitare che nessuno potesse scappare e dare l'allarme agli altri Boeri. Il gruppo più numeroso, diciamo così, di questo esercito, che era più che altro un'accozzaglia di selvaggi muniti di lancia e frecce, si posero a fronteggiare gli uomini che lavoravano in campagna.

Questo gruppo di Basuto si era intanto interposto tra il fabbricato della fattoria, provvista di appositi punti di difesa, e il territorio adibito alla coltivazione. La loro strategia era quella di sorprendere i coloni in campo aperto, confidando nella loro superiorità numerica.

A Betty venne in mente un'idea stupenda. Ai due cavalli già pronti per il traino del carro a quattro ruote aggiunse il suo per ottenere una notevole velocità. Ai lati delle spalliere del carro pose in fretta e furia tutti i falcioni presenti in campagna, col taglio rivolto verso la direzione di marcia, legando le loro aste con un filo di ferro. Fece salire sul carro i quattro fratelli e il padre armati di fucile, unitamente a cinque famigli. Loro si disposero al combattimento riparandosi dietro le sponde del carro di destra, di quella di sinistra e di quella posteriore, mentre i famigli si distesero sul carro per porgere ai loro padroni i fucili che dovevano essere ricaricati ad ogni colpo. Al segnale convenuto Betty frustò i cavalli con l'intento di sfondare quel muro umano composto dai guerrieri che saettando avanzavano correndo contro di loro. In un campo aperto sarebbe stato impossibile difendersi dai selvaggi e sarebbero stati facilmente massacrati, se non ci fosse stato l'intraprendenza di Betty. L'unica possibilità di sopravvivenza, in questo caso, era quella di riuscire a raggiungere la casa fortino e barricarsi in essa. Betty condusse i cavalli con ardimento, sicura di sbaragliare gli indigeni che a loro volta non riuscirono a mirare con precisione i cavalli e tantomeno il carro, dato che questo, guidato con maestria, andava a zig-zag, e a grande velocità, sicché le loro frecce colpivano raramente il bersaglio.

Inoltre i Basuto non avevano mai combattuto contro persone a bordo di veloci carri e, in un certo senso, erano disorientati e impauriti.

Betty sembrava reincarnare Giovanna d'Arco, la pulzella che condusse i soldati francesi a espugnare la città d'Orleans.

In piedi, sul suo carro, tendendo le redini di ben tre cavalli, si apriva un varco nell'orda dei selvaggi, mentre gli uomini, protetti dalle robuste sponde del medesimo carro, sparavano all'impazzata contro i Basuto, alcuni con le pistole e altri con i fucili. Gli indigeni con i corpi falciati e colpiti da una gragnola di proiettili, spaventati da tanta audacia e ingegno, fuggirono disordinati in tutte le direzioni. Betty e i suoi familiari, ebbri di furore per aver subito questo improvviso attacco, ed in parte per la soddisfazione momentanea di vederli fuggire, allontanando in tal modo la paura di essere sopraffatti, li inseguirono col carro per completare il massacro. I selvaggi cadevano l'uno dopo l'altro come tanti birilli. Il carro alla fine entrò con un frastuono assordante nella grande aia acciottolata prospiciente la fattoria.

Intanto il grosso dei Basuto avanzava restringendo il cerchio intorno ai fabbricati dell'azienda agricola; a questi si andavano ad aggiungere i guerrieri che si erano sbandati dopo il primo attacco frontale.

Approfittando dell'indecisione degli indigeni, gli Orange, che avevano fra l'altro terminata la polvere da sparo e le cartucce, si addentrarono nella loro dimora che era stata costruita a mo' di fortezza con feritoie e quindi adatta alla difesa ad oltranza.

Anche gli altri schiavi con le loro famiglie, sfuggiti alla carneficina dei Basuto, durante la sosta del combattimento erano riusciti a rifugiarsi all'interno della casa rurale.

Da lì potevano meglio organizzare la difesa, con la speranza di resistere per lungo tempo e che nel frattempo l'altro familiare, che stava facendo pascolare il bestiame, sentendo gli spari avesse modo di avvertire gli altri Boeri, residenti nelle fattorie più vicine, per essere soccorsi.

I Basuto, rincuorati dall'arrivo di tutte le forze disponibili, si prepararono a sferrare l'attacco decisivo, mantenendosi questa volta a debita distanza dal fabbricato. Lanciarono le loro micidiali frecce imbevute di pece ardente contro le porte e finestre della fattoria ma, data la distanza, non riuscirono a farle conficcare in esse.

Certo, gli Orange e i loro schiavi erano in apprensione per ciò che sarebbe potuto accadere da un momento all'altro.

I Basuto, prima di riorganizzarsi, avevano sfogato la loro rabbia contro gli schiavi che si erano nascosti nelle loro capanne, bruciandole e uccidendo quelli che non erano riusciti a fuggire e distruggendo tutte le coltivazioni, compreso il frutteto posto a pochi metri dalla fattoria.

Quest'indigeni erano, al pari dei Cafri e dei Bantu, guerrieri bellicosi che non retrocedevano dai loro intendimenti. Ora che i coloni bianchi erano stati costretti a rifugiarsi nella loro abitazione, e che i medesimi avevano fatto una strage fra i loro guerrieri, i sopravissuti volevano ad ogni costo imprigionarli per esporli alle altre popolazioni indigene come trofei di guerra, denudarli e rinchiuderli nelle gabbie, come usavano fare con gli animali selvatici. Alcuni di loro, essendo cannibali, pensavano anche di banchettare nutrendosi delle loro carni.

Volevano dimostrare alle altre tribù quali gli Zulu, i Boscimani, i Cafri, i Bantu, i Matabele, e agli stessi Basuto degli altipiani, che gli uomini bianchi non erano invincibili, erano uguali a tutti gli autoctoni quando erano senza alcun abbigliato, e che la differenza consisteva solo nel colore della pelle.

I Basuto, non abituati a predisporre strategie da seguire in una battaglia, pensavano di avere il tempo amico per riprendere il combattimento. Il buio della notte li avrebbe favoriti nell'assaltare il casamento.

Erano sicuri, data la loro stragrande maggioranza numerica, di sopraffare facilmente i bianchi e condurli incatenati di fronte al kraal del re dei Matabele o di altri capi tribù quali Ciaka o il cristiano Khama III.

Nel frattempo una numerosa carovana di Boeri diretta al nord aveva appena attraversato il Caledon e si apprestava ad accamparsi sulla sua sponda. Allo scandire dei primi colpi di fucile mandarono subito una pattuglia per sapere cosa stesse accadendo. Al ritorno degli esploratori, radunarono in gran fretta uno squadrone di coloni armati di tutto punto, e via verso la fattoria di Betty.

Arrivarono quando i guerrieri Basuto avevano incominciato a sferrare l'attacco decisivo contro i coloni. Dal fiume invece l'altro fratello di Betty, Andries, che aveva compiuto un sopraluogo nelle vicinanze della fattoria, tornando indietro incitò le bestie a correre all'impazzata contro i Basuto travolgendo quelli che s'erano posti sull'aia, pronti a penetrare nell'interno della fattoria.

I Basuto pertanto furono intrappolati tra i difensori barricati nel fabbricato e dalla massa compatta della mandria, che avanzava infuriata travolgendo i selvaggi e provocando un assordante rumore di zoccoli sul selciato dell'aia. Alle spalle, invece, gli indigeni vennero assaliti dallo squadrone dei soccorritori. Coloro che ancora persistevano nell'introdursi nella fattoria furono sterminati.

Alla fine della battaglia decine e decine di Basuto giacevano inerti tutt'intorno al fabbricato.

Fra i Boeri accorsi in aiuto agli Orange vi erano stati soltanto pochi feriti in modo lieve, ma tutti soddisfatti per essere giunti in tempo a salvare i loro compatrioti nel pieno dei combattimenti. Vi fu euforia per la vittoria, si susseguivano gli abbracci fra i soccorritori e gli assediati, felici dall'essere scampati dalla ferocia degli indigeni.

Purtroppo non si può dire che la stessa felicità albergasse nell'animo dei Basuto superstiti. Erano quasi cento i guerrieri uccisi ed il loro capo non poteva permettere che tanto scempio non venisse punito.

Il sole ormai era tramontato lasciando ancora una tenue luce crepuscolare. I Boeri erano all'aperto, oltre il selciato della fattoria occupata dalla mandria ormai acquietata, per soccorrere gli schiavi feriti, che si erano nascosti durante lo svolgersi della battaglia, e per verificare i danni alle coltivazioni che erano ormai andate completamente perdute.

Anche fra gli schiavi degli Orange vi era stata una strage. Una ventina di Ottentotti impauriti avevano tentato la fuga durante la lunga battaglia, ma furono irrimediabilmente falciati dai terribili selvaggi.

Poco distante dalla fattoria si erano costituiti diversi crocchi per commentare l'accaduto e se era il caso, per la famiglia Orange, trasferirsi altrove. Anzi, fecero capire ai componenti della fattoria che, ove lo desiderassero, potevano accodarsi alla loro carovana per trasferirsi al di là del fiume Molopo, ove avrebbero potuto fondare delle città e non essere dispersi nei vasti territori.

La famiglia dei Duplessis all'inizio non si era accorta dei combattimenti in corso al di là del Caledon, se non a sera quando il vento, che soffiava alle spalle della loro fattoria, si era calmato. Solo allora Tommy, preoccupato per il prolungamento degli spari, volle apportare il suo aiuto. Prese in sella il fratello Jürgen col proposito di rinviarlo da suo padre per riferire su quanto stava accadendo, ma arrivò sul finire della battaglia. In quel marasma non era riuscito a rivedere la sua amica.

Nel contempo la madre di Betty, Elisabeth, aveva inviato le sue figlie fuori dell'abitazione per avere notizie di suo marito e dei suoi figli. Dopo che ebbero rintracciati il padre e alcuni fratelli, le ragazze si intrattennero a parlare con i loro salvatori.

Tutti allora, tranne Andries, fecero una capatina in casa, uno dopo l'altro, per assicurare la rispettiva madre e moglie della loro incolumità.

Gli ultimi furono Marcel e Jacques, che erano stati feriti dalle frecce dei Basuto; rientrarono in casa anche per medicarsi, dopo aver riposto le loro armi nella rastrelliera vicino alla porta d'ingresso, come erano stati abituati a comportarsi.

La madre, allora, vedendo i suoi figli feriti, seppure lievemente, ebbe un triste presentimento.

«Venite, vi medico io, - poi aggiunse - avete visto Andries?»

«No, mamma, starà certamente impegnato a ricondurre le bestie nelle stalle che purtroppo sono state danneggiate. Noi ci medichiamo da soli, esci dalla porta di servizio e lo vedrai senz'altro, così ti tranquillerai».

Elisabeth si tormentò maggiormente: «Dov'è ora? E perché non è rientrato subito in casa specie dopo l'arrivo tumultuoso della mandria che ha travolto i Basuto di fronte alla sua casa? È riuscito a scampare alla furia degli indigeni?»

Dopo queste considerazioni era uscita di corsa dal retro della casa, per non dover scostare le bestie ammassate sull'aia davanti l'ingresso principale.

Il capo dei Basuto non si era dato per vinto; voleva ad ogni costo vendicare la sua gente uccisa da quelle maledette armi da fuoco, che non gli permettevano di competere con i Boeri e far rifulgere il valore della propria tribù. Con alcuni bellicosi guerrieri, che si erano nascosti fra gli alberi del frutteto, profittando della porta aperta entrò nel fabbricato.

Marcel e Jacques stavano ancora medicando le loro ferite nella stanza attigua al salone d'entrata. Al sopraggiungere inaspettato dei guerrieri, non avendo con loro le armi, decisero di nascondersi momentaneamente calandosi attraverso la botola nella cantina costruita sotto il pavimento.

I Basuto, senza perdere tempo per non essere intercettati, incominciarono ad appiccare il fuoco ai mobili, alle imposte e al pavimento di legno. Le fiamme si estesero ben presto a tutto il rivestimento della casa. Il fumo si propagò all'intero ambiente tanto che Marcel e Jacques furono costretti a uscire dalla cantina il cui tetto aveva preso fuoco, contorcendosi per la tosse a causa dell'aria irrespirabile.

I guerrieri, che stavano per ritirarsi, sentirono il loro tossire, tornarono indietro, videro i fratelli che cercavano a tentoni l'uscita principale.

Il capo tribù scagliò la sua lancia contro Jacques trafiggendolo. Poi si avventò con la sua ascia su Marcel, lo afferrò per i capelli costringendolo ad abbassarsi con l'intento di decapitarlo e appropriarsi della sua testa come trofeo.

Marcel, soffocato dal fumo, pur tenendo la testa china, era riuscito ad afferrare con ambedue le mani il braccio del capo tribù, e metterlo in condizioni di non colpirlo. Nel frattempo la madre, che era in quei pressi, accorsa per spegnere le fiamme, s'avvide del pericolo e, senza pensarci due volte, afferrato un coltello da cucina posto sul tavolo, si avventò contro il capo tribù trafiggendolo con tutta la sua forza.

Allora due di quei selvaggi le saltarono addosso per strozzarla; Marcel liberatosi del corpo del capo guerriero, riuscì a sua volta a raggiungere la rastrelliera, impossessarsi delle pistole e scaricò contro di loro tutti i colpi in esse contenute, uccidendoli. Gli altri indigeni, al momento in cui si videro scoperti, e constatata la morte del loro capo, prima di fuggire vollero trafiggere con le loro lance l'eroica donna.

Ma anche loro non ebbero la possibilità di mettersi in salvo. Andries, che stava conducendo a fatica le bestie nei loro alloggiamenti, sopraggiunse al chiarore del fuoco entrando dalla porta principale, vide la madre trafitta, impugnò le sue pistole e sparò a bruciapelo contro gli ultimi massacratori che caddero uno dietro l'altro.

Tommy, Jürgen e gli altri Boeri accorsero nel fabbricato dopo aver udito le revolverate che si erano ripetute a distanza di pochi minuti. Resisi conto dell'accaduto, cercarono di lottare contro le fiamme per sottrarre dal fuoco i cadaveri di Èlisabeth e di suo figlio Jacques, ma non riuscirono a spegnere l'incendio per la mancanza d'acqua dovuta al disseccamento del laghetto artificiale.

I Boeri si commossero di fronte a cotanta tragedia che rievocava quelle precedenti provocate dai Cafri.

Si rammaricarono di non aver perlustrato i dintorni della fattoria ed evitare in tal modo quest'ultima carneficina.

Ora che la tragedia si era compiuta iniziarono la ricerca di qualche guerriero che poteva ancora essere presente nei paraggi. Si resero così conto anche dell'enorme devastazione che aveva subito una delle fattorie più produttive dei territori situate oltre l'Orange.

Dopo aver composto le salme, i Boeri ritornarono affranti alle loro carovane col proposito di essere ancora più duri in futuro nei loro rapporti con gli indigeni.

Tommy e Jürgen rividero Betty che piangeva la morte della madre e del fratello. Appena furono uno di fronte all'altro, si abbracciarono e le loro calde lacrime si unirono a quelle di Betty.

Così finì una delle prime battaglie fra i coloni invasori e gli autoctoni, che pur essendo di gran lunga superiori in numero, non erano in grado di competere con i bianchi per la loro supremazia in fatto di armamenti: infatti, in quella impari lotta si raffrontavano lance e frecce contro armi da fuoco.

Cap. IV

Il dolore degli Orange.

Tommy, guardando Betty, si chiuse in un autentico dolore; non riusciva ad esprimere alla ragazza una qualsiasi parola di conforto. Da quel momento, però, i rapporti tra Tommy e Betty mutarono, e si stabilirono fra loro quei particolari rapporti d'innocenza che uniscono un ragazzo ed una ragazza quando, senza malizia, si sentono reciprocamente attratti.

Jürgen, inforcando il cavallo di famiglia, ritornò alla fattoria dei genitori per raccontare i tragici eventi che si erano verificati.

Tommy preferì vegliare, insieme alla famiglia Orange, le salme per tutta la notte.

Erano strazianti le lacrime non soltanto di Betty ma di tutta la famiglia, specie quelle delle sue sorelle più grandi Marie, Henriette e Anne.

Durante la notte la notizia dell'attacco dei Basuto si sparse in tutto il territorio della Transorange tanto che, per permettere alle numerose rappresentanze di partecipare ai funerali, venne stabilito di celebrarli con un giorno di ritardo.

I Boeri della carovana provvidero nel frattempo con gli schiavi a seppellire in una fossa comune i terribili Basuto, compresi i famigli che erano caduti in battaglia, mentre la famiglia di François Duplessis, che territorialmente era la più vicina, si preoccupò a sostenere il fardello della famiglia di Stephanides Orange e a governare, insieme alla superstite servitù, il numeroso bestiame.

Nel giorno stabilito, alla presenza di una folla enorme, vennero tumulate le bare di Ėlisabeth e di suo figlio Jacques, con una cerimonia religiosa di stretta osservanza calvinista.

La famiglia Orange, ancora con la disperazione nel cuore, incominciò con pacatezza a discutere se abbandonare la terra coltivata sinora o seguire la carovana dei soccorritori. Alcuni di essi si prefiggevano di costituire una Stato indipendente sulle sponde del fiume Sand, ove avrebbero fondato una città che si sarebbe chiamata Virginia. Gli altri invece erano decisi di inoltrarsi, ancora verso l'interno, fino al lago Kalkfonteindam, dando vita ad un villaggio che l'avrebbero denominato Koffiefontein sul fiume Riet.

Certo la famiglia Orange aveva pagato un prezzo troppo alto per rimanere ancora sul territorio, che gli avrebbe fatto ricordare per sempre i terribili momenti della battaglia e dei propri morti.

Constatati i danni alla fattoria e alle coltivazioni, decisero di tentare l'avventura con i nuovi compagni, confortati dall'idea di vivere insieme in una città al riparo da un qualunque attacco da parte degli indigeni.

Gli Orange avevano ancora due giorni di tempo per prepararsi all'evacuazione e quindi seguire la carovana, in quanto gli esploratori erano già tornati per indicare il cammino da percorrere.

Così, nello stesso giorno dei funerali, i Duplessis, a incominciare da Margarethe con il marito François e i loro figli, iniziarono a mettere in salvo tutto ciò che non era stato distrutto, insieme alla famiglia di Stephanides Orange. I suoi figli sopravissuti, per comodità, li elenchiamo anche qui in ordine d'età: Marie, Marcel, Henriette, August, Anne, Baptiste, Andries, William e l'ultima Betty.

Dato che gli Orange erano fermamente decisi a partire, raccolsero anche ciò che rimaneva nella terra coltivata, perché ne potessero usufruire durante il viaggio; poi caricarono su quattro carri tutto ciò che era stato salvato. La mandria era ormai governata dai pochi servi che erano rimasti.

Nel recuperare il salvabile, la famiglia di Stephanides Orange e quella di François Duplessis organizzarono il lavoro da svolgere assegnandolo ad un gruppo di tre persone.

Giovanna lavorò con Marie e Marcel;

Friedrich e August con Henriette;

Anne e Baptiste con Andries;

Tommy e Jürgen con Betty;

Baptiste e William con Elisabeth;

Erik e Henri con Andrey;

Clement con Alexander e Anne;

August con Jan e Louis;

Albert con Franz e Thomas.

In questo breve periodo, a sera, tutti si riunivano per necessità nella fattoria dei Duplessis per cenare, ma prima rivolgevano a Dio le loro fervide preghiere da perfetti osservanti calvinisti.

La vita ricominciò come prima, anche se qualche esponente della famiglia Orange all'improvviso si metteva a piangere. Questi momenti di sconforto duravano per alcuni minuti, coinvolgendo gli altri fratelli, poi d'improvviso riprendevano a parlare, a raccontare le barzellette per scoppiare in clamorose risate. Delle volte non si capiva bene se stessero ridendo o piangendo, tanta era la frequenza tra il riso e il pianto.

Anche se il tempo era stato con loro tiranno, soltanto due giorni, i ragazzi fraternizzarono fra loro come se si conoscessero da anni, in particolar modo Giovanna e Marcel da una parte, e dall'altra Tommy e Jürgen con Betty.

Marcel era un paio d'anni più grande di Giovanna e pertanto esercitava una pur fievole influenza sulla sua compagna e il loro rapporto veniva mantenuto con affettuosità e rispetto reciproco.

Invece il trio Tommy, Betty e Jürgen a un osservatore straniero dava tanto da pensare.

Non che il loro atteggiamento fosse sconveniente, dato che Betty in mezzo a loro dava il braccio a entrambi, ma era il sorriso ed i bacetti che si scambiavano sulle guance quando si incontravano che dava adito ai pettegolezzi da parte dei fondamentalisti calvinisti.

Quei due giorni trascorsi insieme sembravano non finissero mai e dettero la possibilità ai ragazzi di raccontarsi tutti gli avvenimenti che si erano verificati negli anni precedenti.

Nelle ultime ore prima della partenza i ragazzi al solo pensiero dell'imminenza del distacco diventarono malinconici. A ciascuno s'inumidivano gli occhi, quando per necessità di lavoro veniva a contatto con l'altro;   allora cercavano di non parlarsi, per non trasmettere al proprio compagno la propria tristezza: tanto era vivo la sfera affettiva che si era inserito nei loro animi.

Quando la fila di carri si mosse, alla quale si era accodata la famiglia Orange, Tommy e Jürgen, dopo aver parlottato fra loro, andarono incontro al loro genitore e s'inginocchiarono: «Padre, ti preghiamo di darci il permesso di seguire la carovana che si sta movendo. Abbiamo capito di avere sete di avventura, di voler cambiare la nostra vita condotta sinora in isolamento tanto da divenire sterile; vogliamo in avvenire vivere nelle città che andremo a costruire e avere rapporti di amicizia verso i ragazzi della nostra stessa età».

François si era commosso. Gli sovvenne quando anche lui aveva chiesto a suo padre di allontanarsi dalla famiglia originaria, di aver tanto desiderato d'essere indipendente e di costruirsi una fattoria. Ma lui, in quel periodo, non era un ragazzino come Tommy; inoltre Jürgen non aveva ancora compiuto quindici anni. D'altronde quando decise di compiere questo analogo passo, lui aveva già una famiglia e loro erano già nati nella grande fattoria di suo nonno.

«Come cambiano i tempi, - osservò François - e come i ragazzi di nuova generazione amano sottrarsi alle loro famiglie. Appena si presenta un appiglio, un'occasione si accende in loro lo spirito d'avventura».

François continuò nelle sue riflessioni: «Bene! Certo, non è male che i giovani d'oggi si lascino suggestionare facilmente dai nuovi eventi per poter avere davanti a loro un giorno che non sia uguale a quello di ieri».

François dopo aver cercato di dissuadere i suoi figliuoli, diede loro la benedizione richiesta.

Destinò ai suoi figliuoli due carri con le provviste di viveri per due mesi, dodici vacche e un cavallo. La sorella maggiore, Giovanna, che aveva stretto una salda amicizia con Marcel, non volendosi staccare da quei due fratelli che tanto amava, si unì a loro credendo di poterli ancora accudire come aveva fatto fin da quando erano nati.

Cap. V

Verso le nuove terre selvagge.

La lunga fila di carri dei Boeri sin dalle prime ore del mattino aveva lasciato le sponde del Caledon. Gli Orange li seguivano a breve distanza con la loro mandria. Sui carrozzoni con le loro masserizie presero posto i loro familiari. Tutti avevano le facce smunte e la morte nel cuore.

Marcel e Betty si accomodarono sull'ultimo carro per dare gli ultimi sguardi alla loro fattoria ove avevano lasciato i propri cuori, gli affetti più cari, le amicizie così presto saldate e così presto interrotte.

Con l'animo a pezzi ad un tratto videro da lontano due carri che li seguivano da tempo ricalcando le orme della carovana.

Aguzzata la vista si accorsero che tre persone li salutavano agitando le braccia.

«Ma sono loro! - gridò Betty che era andata a sedersi sul retro del carro. - Marcel, vieni a guardare».

A Marcel gli si illuminò il viso.

«Betty, scendiamo, andiamo ad incontrarli».

Scattarono come fulmini ed in breve raggiunsero Giovanna, Tommy e Jürgen. Sembrava che non finissero mai di abbracciarsi.

I composti Ottentotti, che guidavano gli armenti, non abituati a queste manifeste effusioni, ebbero la sensazione che si trattassero di spiriti ancestrali venuti a confortare i loro parenti.

La carovana, riorganizzata, riprese l'usuale cammino.

Ogni famiglia possedeva da due a cinque carri trainati dai buoi seguiti dalla propria mandria. Per non confondere le bestie, ciascuna di esse era stata marchiata a fuoco con l'indicazione del proprietario.

La lunga colonna, per accamparsi prima di sera, procedevano senza soste per raggiungere un qualunque ruscello. Colà i coloni avevano modo di preparare la cena con amici e parenti, mentre le mandrie potevano abbeverarsi abbondantemente e trattenere l'acqua fino alla sera successiva.

Poi i ragazzi, per nulla stanchi, preparavano uno spiazzo ove potevano incontrarsi e ballare al suono dell'orchestra da campo composta da due violinisti, dal chitarrista, dal sassofonista, da una specie di grancassa e per ultimo da Tommy che dava il meglio di se stesso col suo piffero.

Fra tutte le coppie si distingueva quella formata da Betty e Jürgen. Forse perché dimostravano vivacità, gaiezza; forse perché erano i più giovani, i più spigliati nei loro movimenti che colpiva gradevolmente la vista dei spettatori, diciamolo pure erano i più carini, che sapevano infondere negli altri la contentezza, l'entusiasmo, la gioia di vivere nel trovarsi tutti insieme con i ballerini.

Betty poi, col suo fisico più vicino all'uomo, per mancanza di un florido seno, e vestita sempre da cavallerizza, suscitava su di sé la morbosa curiosità del pubblico.

Eppure lei aveva i caratteri del viso puramente femminei, occhi meravigliosamente verdi, le labbra sottili e sensuali, e una folta capigliatura bionda che scendeva lungo le sue larghe spalle.

Per cui ad un attento esame, dopo qualche tentennamento, tutti si ravvedevano che Betty era una vera donna. Alla curiosità subentrava la meraviglia di assistere a un evento del tutto inconsueto e comunque imprevedibile.

Il brio che scatenava Betty era del tutto diverso da quello delle altre fanciulle, tutte compassate, quasi che volessero trattenere il loro entusiasmo con il timore d'offendere Dio. E mai e poi mai avrebbero pensato d'accostarsi al proprio cavaliere, anzi, stavano bene attente ad essere a debita distanza da loro, per non sfiorare col proprio corpo quello del compagno.

Tale atteggiamento rendeva il loro danzare goffo, senz'alcuna armonia nei movimenti, che le costringevano a restare ritte come pali durante il ballo.

La differenza c'era, ed era evidente, nel vedere danzare Betty e Jürgen che si scatenavano addirittura in salti acrobatici, suscitando fra gli altri un autentico entusiasmo accantonando per il momento le loro remore di osservanti calvinisti.

Jürgen poi, più basso d'una spanna di Betty, veniva considerato un fenomeno dato il suo aspetto di ragazzino. Data l'inconsueta prestanza dei ballerini che determinava lo sconvolgimento delle coscienze religiose dei fondamentalisti, Jürgen e Betty, vedendo atterriti i propri denigratori, inconsapevolmente aumentavano i loro ritmi *diabolici*, pensando di dar una risposta al loro bigottismo.

Questo scatenamento creava il vuoto nella pista da ballo e permetteva a tutti di guardarli e applaudirli.

Infatti, le altre coppie a una ad una uscivano dalla pista, pudicamente ritrose a non voler imitare o tantomeno provare a seguire la coppia preferita da una parte del pubblico.

Erano davvero unici Jürgen e Betty, si sentivano perfettamente liberi di eseguire le loro acrobazie fuori dai canoni fissati dal ballo tradizionale.

Questa attenzione contrastante rivolta verso i due ballerini, per contro, era anche determinata dal disagio, che assaliva alcuni spettatori, nel constatare l'evidenza del bello, la spensieratezza, l'allegria, la gaiezza, la gioiosità, l'innocenza, la franchezza, la spontaneità, in contrasto alle proprie abitudini di compassare le proprie azioni. I coloni Boeri, specie quelli di una certa età, dedicavano in tal modo la loro vita ligia alla parsimonia comportamentale, manifestandola in tutte le varie manifestazioni familiari, e seguivano pedissequamente le prescrizioni delle rigide regole del calvinismo. Mentre gli altri coloni Boeri, pur non essendo più giovanissimi ma già padri di famiglia con la prole composta da fanciulli, si accendevano d'entusiasmo per i balli di Jürgen e Betty. Questo pathos improvviso si spegneva purtroppo quando, finita la festa, tutti si recavano sui loro giacigli per riposare con le loro mogli.

Le critiche dei fondamentalisti subentravano il giorno dopo, durante gli sporadici incontri fra diverse persone, in quanto non avevano il tempo di commentarle, dato che dovevano porsi frettolosamente in cammino. Quindi mancava l'opportunità di una franca discussione per stabilire se sanzionare il comportamento dei due ragazzi ed eventualmente i castighi da commutare.

Nello stesso tempo, quelli meno rigidi all'ortodossia, si lasciavano andare, parlando con i propri coniugi, alle seguenti espressioni: «Però come sono stati bravi Betty e Jürgen! Appaiono così belli da pensare che siano fidanzatini. Certo, hanno dato scandalo con i loro atteggiamenti, ma sono così giovani che non si possono condannare. Comunque hanno dato vita ad uno spettacolo piacevole a cui non pensavamo di poter assistere, e ciò ci ha dato la sensazione della piacevolezza della vita».

I commenti non si fermavano soltanto nell'ambito delle propria famiglia, ma si estendevano anche fra i più rigidi integralisti. Essi, a tu per tu con l'amico esclamavano: «Perché non siamo tutti come loro con quel senso di sfrenatezza che ci potrebbe rendere brillante l'esistenza?»

Del resto, gli sguardi languidi che si scambiavano i ballerini, davano adito a queste considerazioni.

Tuttavia fuori della pista da ballo Betty s'accompagnava preferibilmente a Tommy. Infatti, era quasi sempre con lui sul carro durante il tragitto giornaliero, seguito dall'altro occupato da Jürgen e Giovanna, sul quale s'intratteneva molto volentieri Marcel. Allora Jürgen, per non essere d'impaccio al cubare dei due piccioncini, passava le redini a Marcel andando a sedersi sul carro del fratello.

Così il trio Tommy, Betty e Jürgen si ricombinava come se il normale svolgersi della loro vita non avrebbe avuto senso se non fossero stati sempre insieme.

I due fratelli non si mostravano gelosi l'uno con l'altro, anzi si cercavano, pur essendo Jürgen succube di Tommy, e quando si ritrovavano vicini si abbandonavano a una briosa conversazione che finiva sempre con una sonora risata. A questo tipo di chiacchierate partecipava attivamente Betty, tanto che venivano indicati dai componenti della carovana come *il più allegro carro dello strano trio*.

Tommy, per la verità, non dimostrava né con gesti o con parole alcun affetto particolare per Betty. Quando erano soli non ci fu mai un casto bacio sulle guance, un abbraccio affettuoso o una carezza, o tuttalpiù offrendole il braccio per farla scendere dal carro durante le soste della carovana. Agli occhi delle persone, che non li conoscevano, apparivano due ragazzi che si erano appena conosciuti. Inoltre quando Tommy si trovava a parlare con gli amici occasionali, dava sempre l'impressione di essere una persona dall'aspetto sempre accigliato.

Però, bisogna pure dire, bastava che Betty salisse sul suo carro perché tutto gli apparisse illuminato dal sole, tutto diventasse più interessante, più giocondo, più ricco di significato, perché la vita, così dura ch'era costretto a sopportare, diventasse più lieta.

Anche Betty aveva gli stessi sentimenti per Tommy. La sola presenza e la vicinanza del compagno di viaggio le producevano lo stesso effetto non perché provasse amore, ma perché poteva esercitare su di lui la sua padronanza senza essere contraddetta. Questa influenza, che ormai praticava nei confronti di Tommy, non le era stata concessa dalla sua famiglia, composta in maggioranza di maschi più grandi di lei, essendo stata considerata, e come lo era effettivamente, l'ultima femmina nata degli Orleans. Ed è appunto per essere considerata al pari dei propri fratelli, ed emergere nei confronti delle sorelle più grandi, che si vestiva con gli stessi abiti maschili per poter affermare il proprio ruolo nella sua famiglia. E quando ebbe l'idea del carro, armato con le falci, per *mietere* gli indigeni Basuto, finalmente ottenne quel riconoscimento che tanto ambiva dai propri fratelli e soprattutto da suo padre, fino allora considerata l'ultima ruota della famiglia.

Pertanto a Betty bastava la consapevolezza che Tommy esisteva, per aver modo di affermare la propria personalità. Però le conversazioni in presenza di Jürgen erano le più gradevoli, perché si trovava a suo agio nei confronti di quest'ultimo, appunto perché decadevano i motivi di dimostrare la propria superiorità dato che lo considerava un ragazzino, ed era pertanto inutile mettere in atto tutti quegli accorgimenti per manifestare la sua prosopopea. Diversamente avvenivano quando sul carro era sola con Tommy, ed era più difficile discorrere. In questo caso affiorava, più che altro una specie di rivolgimento nell'animo di Betty, che da una parte incominciava a coltivare la possibilità di un approccio amoroso nei riguardi di Tommy, e dall'altro voleva mantenere una certa supremazia su di lui, per essere stata un'eroina nella famosa battaglia contro i Basuto.

I loro occhi cominciavano subito a dire qualcosa di molto diverso e molto più importante delle parole che potevano proferire con le labbra che fremevano; una specie di paura li coglieva, ed essi alla prima occasione si separavano in fretta.

Si può presumere che loro si amavano come si amano gli innocenti. Il loro amore era per loro la più valida protezione contro il cedimento dei sensi. Non solo non desideravano il possesso fisico, ma inorridivano all'idea di una relazione di questo genere, senza aver contratto il sacrosanto rito del matrimonio.

Come che sia, in base a queste circostanze, neanche le più malevole lingue potevano mettere in discussione la moralità dei fratelli Tommy e Jürgen con Betty, e quella di Marcel e Giovanna, perché ognuno di loro di notte dormiva nel carro della propria famiglia.

Il cammino si dimostrò lungo e incerto, difficile e pieno di pericoli. La carovana veniva continuamente attaccata sui fianchi dai Basuto intransigenti, superstiti nella famosa battaglia, perdendo ad ogni offensiva capi di bestiame, rapiti o trafitti dalle frecce. Vi era ora da parte degli indigeni una mutata strategia. Non più un assalto in piena regola ma uno stillicidio continuo con agguati ben mirati. Da una rupe o da una boscaglia, oppure da una selva di betulle, lanciavano decine di frecce e poi sparivano.

Finalmente la carovana raggiunse le sponde del fiume Sand; alcuni erano entusiasti del luogo, altri, per l'angustia del territorio stretto fra due gruppi di montagne, preferirono inoltrarsi verso l'interno fino al lago Kalkfonteindam, ove avevano in mente di fondare Koffiefontein sul fiume Riet.

Quelli che rimasero fissarono subito un cartellone con la scritta "Benvenuti alla città di Virginia".

La famiglia Orange e i ragazzi dei Duplessis proseguirono il viaggio, con gli altri compagni, verso il lago ove campeggiavano alte e solenni le meravigliose cascate. Per abbreviare il percorso viaggiarono fino a notte fonda; tutti avevano fretta di arrivare alla meta designata, stanchi di questa continua peregrinazione.

Durante le incursioni dei Basuto, Betty si avvicinava a Tommy, non per paura, ma con l'intento di proteggerlo con la propria persona. Al suo fianco teneva costantemente allacciato il cinturone con le due pistole che erano ben visibili ed a portata di mano e che di tanto in tanto le maneggiava con maestria.

Comunque durante il viaggio Betty non ebbe mai l'occasione di usarle, per non aver visto, neanche una sola volta di sfuggita, gli indigeni in agguato nascosti dietro i cespugli.

A Jürgen questo atteggiamento di protezione verso il fratello maggiore dava fastidio. «Come può sopportare Tommy la tutela di questo *maschiaccio*? - incominciò a pensare. - Di questo passo cadrà succube di Betty, rimarrà per sempre un adolescente, privo di ogni iniziativa, e avrà bisogno in ogni occasione di questa *mammina protettrice*».

Allora volentieri ritornava sul suo carro a far compagnia a sua sorella che venerava come una madre.

Mentre Betty, nei riguardi di Jürgen, aveva tutt'altri pensieri.

«Possibile che questo moccioso, nell'esaltazione esplosiva della sua virilità, mi provoca sfacciatamente per sondare la mia rettitudine? Ma cosa crede che accondiscenda alle sue morbose fantasie perpetuate durante i balli?

Si rende conto che ha un'età inferiore alla mia ed è ancora un bambino?»

Nella mente di Betty, dopo questa riflessione, Jürgen appariva come un neonato nell'atto di nutrirsi al petto della propria madre. Poi, come volesse giustificare il suo comportamento, ricominciò a pensare: «Certo, all'inizio la mia voglia di ballare aveva trovato in lui il cavaliere perfetto per la sua bravura. Poi nella continuazione dei balli sono stata costretta, dall'evidenza, a rendermi conto del perché del rigonfiamento delle strettissime brache indossate da lui per l'occasione.

Dapprima - continuava a pensare Betty - l'atteggiamento di Jürgen mi incuriosiva, non riuscivo a credere che questa sua eccitazione si potesse riscontrare in un ragazzo di quattordici anni, e anzi per assicurarmi che non mi sbagliavo, aderivo volentieri al suo corpo. Sono stata purtroppo spudorata. Ho fatto male, sì ho sbagliato nell'acconsentire alle sue oscure manovre ed ora che me ne sono reso conto, sono stata purtroppo scorretta ad accettare il suo invito nei successivi balli.

Cosa avrei potuto fare se mi piace tanto ballare?

È il mio lato debole!

E poi chi potrebbe essere il mio cavaliere fra tutti questi zoticoni compreso mio padre ed i miei fratelli?

Chi sarebbe capace di farmi rotolare come una trottola all'infuori di Jürgen?

Inoltre Jürgen è proprio un bel ragazzino!

Nonostante le sue insidie che in fondo in fondo non mi dispiacciono del tutto, preferisco lui al posto di un qualsiasi altro. Però, non certo a mia difesa, debbo pur dire che per farlo desistere mi sono adoperata a corteggiare Tommy. Dovrebbe finalmente capire che preferisco un uomo al posto di un bamboccio che si comporta in modo puerile».

****

A nessuno faceva piacere incontrare gli inferociti indigeni. Spesso Tommy e Betty, quando viaggiavano affiancati, avevano la sensazione che la loro vita fosse ghermita da un momento all'altro dai dardi fatali, e che per restare vivi avrebbero dovuto aggrapparsi a qualcosa, come il naufrago che si abbranca agli scogli per non farsi portare via dalle onde.

Al termine di ogni attacco ognuno dei due posava la sua mano sulla spalla dell'altro per rincuorarsi dello scampato pericolo.

Ognuno di loro presagiva che durante il viaggio, in seguito alle incursioni dei selvaggi, si dovesse ripetere il triste epilogo della famosa battaglia con i Basuto che aveva portato lutti nella famiglia Orange. Davanti a questo pericolo i rapporti fra Betty e Tommy si rafforzavano ulteriormente, tanto che i due, quando si guardavano di sfuggita ammorbidivano i muscoli facciali e accennavano ad un silenzioso e mesto sorriso; in contemporanea però gli occhi si illuminavano come se volessero esprimere un eccessivo sentimentalismo per poi essere coperti da un velo di lacrima. Essi nel loro animo si consideravano fidanzatini, anche se ognuno di loro non aveva mai espresso all'altro una parola o un cenno al riguardo. Comunque Betty, senza neanche pensarci, si considerava di essere, prima o poi, la moglie di Tommy.

Nei suoi pensieri era dominante la domanda: «Arriverò, con Tommy, sana e salva nelle nuove terre ove posso compiere il rito sacro del matrimonio? Questo, di sicuro, non lo posso dire e il desiderio di essere un solo corpo con Tommy rimarrà solo nel mio pensiero. E allora questo mio amore, così casto, che senso avrebbe ora, se uno di noi dovesse essere colpito a morte dalle frecce degli indigeni?»

Capitò una volta che Tommy per qualche incombenza si addentrò nel carro. Betty lo rincorse, lasciando che il carro seguisse la scia di quelli precedenti.

Senza perdere tempo si aggrappò al suo collo, senza baciarlo o accarezzarlo, oppure manifestare qualche segnale per imbonirlo, e prepararlo a godere le grazie del proprio corpo, ma costringendo Tommy a rotolarsi sulla paglia all'interno del carro.

Certo Tommy, preso alla sprovvista, doveva pur avere il tempo fisiologico per aderire alla richiesta d'amore di Betty; doveva riprendersi anzitutto dalla sorpresa, avere coscienza di ciò che era alla sua portata, cioè incominciare ad assaporare prima i baci della compagna, e poi stringerla al suo petto. Nonostante che questa prassi non era stata messa in atto, Tommy d'improvviso sentì ribollire il sangue nelle sue vene.

Ma in quel frattempo Betty si spaventò, si ravvide, perché la coscienza prese il sopravvento sul desiderio - conoscenza - esperienza.

E ciò perché, quando pensava di voler donare il proprio corpo alla persona che sarebbe stato il suo sposo, non era soggiogata dalla propria passione determinata da un erotismo irrefrenabile.

Betty, evidentemente, non era matura per quest'atto d'amore completo. Vi era in lei costantemente il timore dell'incognito, accompagnato poi dalla volontà di non perdere i propri freni inibitori. Fra l'altro pur possedendo la sensibilità e la capacità di avere coscienza di voler essere fecondata, non se la sentiva di trasgredire la morale della fede religiosa.

Ed allora Betty si difese dall'esuberanza di Tommy, riprese facilmente la percezione, la consapevolezza del proprio agire. Riuscì ad alzarsi, allontanando il compagno con le braccia spiegate come a difesa del proprio corpo.

Entrarono in gioco la sfera dei sentimenti sessuali, in contrapposizione all'attività intellettuale, ed allora per giustificarsi Betty spiegò di non voler andare contro i precetti dei calvinisti che prescrivono la purezza al momento del matrimonio.

Tommy rimase sconvolto!

La sofferenza fisica e spirituale la si lesse sul volto contrito. Quel sentimento intenso e violento d'attrazione verso Betty turbò il suo equilibrio psichico e la capacità di discernimento e di controllo. Ma riuscì a domare la fiamma che si era sviluppata in lui.

Cosa fare?

Perché doveva aspettare il domani?

Cosa gli avrebbe riservato l'avvenire ignoto ed esasperante di questa propria esistenza giovanile?

Betty l'amava o non l'amava?

E se fosse effettivamente un uomo che senso avrebbe continuare a starle vicino?

Perché giocava così impietosamente con lui?

Tommy e Betty usciti da questa delusione, si mossero dall'interno del carro per porsi a cassetta, mortificati, seri, delusi, insoddisfatti per come si era svolto il loro primo approccio d'amore.

Cap. VI

Le nozze

La carovana, continuando la sua marcia, arrivò sul far della sera sulle sponde del fiume Riet; da lontano si percepiva il rombo delle cascate di Kalkfonteindam.

Durante il tragitto subirono l'ennesima incursione degli indigeni. Tommy questa volta rimase ferito, ma non era grave, tuttavia gli procurò una febbre da cavallo.

Costretto a stare imbacuccato all'interno del carro, rimase solo con i suoi pensieri. Considerava che il più delle volte, chi è abituato a commettere delle azioni indegne, il destino generalmente non si accanisce contro di lui. Invece chi riga diritto senza danneggiare alcuno, deve subire la mala sorte. Ora pensando al suo caso rifletteva che alcuni uomini avevano ucciso decine di selvaggi solo perché sospetti di attentare alla loro sicurezza. E la cosa che più l'incuriosiva era che queste persone si glorificavano di quanto avevano fatto. Peraltro erano cristiani, cristiani credenti, che manifestavano la loro religiosità in un modo ortodosso. Ciò nonostante, per loro, era più grave peccare manifestando la propria sessualità, al di fuori del matrimonio, e cioè un atto d'amore, mentre era lecito, anzi doveroso uccidere le persone che mostrassero, seppure con la forza, il diritto alla sopravvivenza, il diritto della caccia, il diritto a pascolare i loro armenti, difendendo il loro territorio detenuto da lungo termine.

E Tommy si domandava: «Cosa ho fatto di tanto male che sono stato punito con una freccia nel petto?

Forse perché ho tentato di approfittare di Betty favorito dal suo disordine mentale?

E questa punizione non è stata sproporzionata?

Allora quali afflizioni dovrebbero ricadere su quelli che uccidono, non per legittima difesa, ma solo per prevenire un probabile pericolo?»

Con questi pensieri Tommy cedette al sonno ristoratore.

Durante la notte Betty si alzò dal suo giaciglio posto sul carro del padre. Cercando di non fare alcun rumore ne discese dirigendosi verso quello di Tommy.

Il padre, Stephanides Orange, se n'accorse.

Si alzò per seguire la figlia e poté constatare che anche Marcel si era dileguato dal carro paterno. «Ma cosa fanno? Spariscono in piena notte per andare dove?»

Rimase pensieroso su quello che era giusto fare.

Lui doveva essere imparziale nei confronti dei due figliuoli. Non poteva certo far finta di nulla nei confronti del figlio maschio, mentre doveva adirarsi e bastonare solo la figlia, perché femmina?

Giovanna, la figlia di Duplessis, era stata affidata a lui, ma chiuse sempre gli occhi nel constatare che lei filava con il suo Marcel. Del resto trovava perfettamente legittimo che i ragazzi s'innamorassero con le loro coetanee. Lo stesso comportamento aveva nei confronti di sua figlia Betty.

Per di più voleva un bene matto a Tommy, perché gli ricordava il figlio trafitto a morte dai Basuto.

Che fare?

Il suo primo impulso fu quello di fermare Betty e ricondurla sul suo carro.

Ma poco distante vide che Marcel faceva scendere dal carro di Jürgen, Giovanna, che abbracciò con passione. Tenendosi per mano raggiunsero il vicino boschetto ove dettero sfogo al loro amore.

«Accipicchia! - andava ripetendosi Stephanides - Non perdono tempo!

Ed ora come mi dovrei comportare?

Certo, non posso interrompere l'atto d'amore tra Giovanna e Marcel, ma posso senz'altro impedire che la stessa cosa si possa compiere tra la mia figlioletta e Tommy».

Dopo un'esitazione riprese a dire:

«Sì, farò così!

Betty è troppo giovane per abbandonarsi all'amore!

Però sono contento che nel suo animo finalmente affiora l'istinto della donna. Per ora la fermerò giusto in tempo».

Ma un altro pensiero gli subentrò nel cervello:

«E se Betty fosse andata sul carro di Tommy per assicurarsi che la ferita non gli avesse aumentato la febbre, che figura avrebbe fatto nei loro confronti?

Certo Betty è ancora un'adolescente!

Non ha compiuto neanche diciassette anni al confronto di Marcel che ne ha compiuti ventisette.

E se fosse tentata dal diavolo?

Ma no!

Lei è ancora un maschiaccio!

Sicuramente Betty non infrangerà le leggi divine!

Allora cosa faccio, ritorno al mio carro, sognando anch'io d'essere con la mia defunta moglie?

Ma che padre sono?

Un padre che per pusillanimità non è capace di salvaguardare l'onorabilità della propria figliola dalle mire sconsacrate di Tommy?

No, e poi no.

Voglio sorprenderli sul fatto e scaricare su loro la mia rabbia.

Ma anche Tommy è un ragazzo.

Anche lui è minorenne.

Mi sembra che abbia appena qualche anno in più della mia Betty.

E poi?

Cosa dovrei fare in proposito?

Sicuramente non è lui che vuole insidiare la mia bambina, è stata lei a recarsi sul suo carro.

Come faccio a bastonare Tommy che è nel pieno possesso della sua proprietà?

Sono stato capace d'intervenire frapponendomi fra Giovanna e Marcel?

Dov'è, allora, la differenza?»

Stephanides era sempre lì, con un bastone fra le mani che s'era procurato lì per lì, pronto a far irruzione sul carro di Tommy.

Intanto Betty, salita sul carro del ragazzo, lo trovò accucciato sul suo giaciglio. Si mise a sedere accanto a lui ascoltando il suo respiro regolare, interrotto saltuariamente da qualche gemito. Ogni tanto gli accarezzava i folti capelli biondi che scivolavano sulla sua fronte.

A un tratto Tommy sbarrò gli occhi.

«Che ci fai a quest'ora sul mio carro? - disse risentito ad alta voce.

- Non ti accorgi della tua imprudenza?

E se ti scoprissero cosa succederebbe?

Ci separerebbero e ne avrei vergogna».

Betty non rispose.

Continuava a guardarlo con aria trasognata.

Aveva gli occhi lucidi, vividi, e nella penombra della luna piena Tommy ravvisò la sua determinazione a compiere qualche cosa di illegale.

Per non essere indifferente Tommy pensò di blandirla con parole affettuose, ma non sapeva come esprimersi. Poi tutto d'un fiato incominciò a dire recitando la parte di un ragazzo innamorato: «Tu rappresenti la mia sola speranza, quella che mi mantiene in vita, mi fa agire, mi fa palpitare il cuore, mi dà la forza di continuare questo viaggio che sembra non finir mai.

Ti ringrazio comunque d'avermi vegliato. - Poi si interruppe accorgendosi di non essere sincero. - Da quanto tempo sei qui? Non senti il disagio di questo tuo agire?

- Non aspettando la risposta aggiunse: - Vedrai che quando saremo marito e moglie ti darò tutto l'amore che sarò capace di darti. Sarai la mia compagna per sempre e ogni tuo desiderio sarà per me un obbligo da esaudire».

«Tommy, - disse finalmente Betty - mi vergogno di dirtelo, sono venuta qua per essere tua, tua per sempre.

Non m'importa di compiere quest'atto d'amore senza essere sposata, ma con questa incertezza, desidero almeno avere un figlio da te, perché se dovesse esserci un'altra guerra e tu dovessi morire, come hai rischiato ieri, io almeno potrò allevarlo nel tuo ricordo e non dimenticare i giorni in cui siamo stati insieme che saranno indelebili, sempre, qualsiasi cosa possa accadere».

Pronunciate queste parole, le labbra di Betty si posarono su quelle di Tommy, aspirando ognuno questa volta il dolce sapore dell'altro.

Stephanides con le spalle appoggiato al carro di Tommy, aveva sentito la conversazione, si commosse, fu preso da un nodo alla gola, e senza accorgersene tossì un paio di volte.

Se ne avvidero i due ragazzi, nel silenzio di quella notte, e percepirono all'istante che quella tosse era profondamente familiare e univoca.

Tommy e Betty s'affacciarono di soppiatto dal carro.

Videro quell'uomo affranto, con le spalle curve, con il bastone fra le mani non in atto d'offesa ma come appoggio al suo corpo che si fletteva sempre più in avanti e col capo fisso per terra.

«Papà - pronunciò sommessamente Betty - noi ci amiamo, ma siamo puri, puri come l'agnello di Dio. Bastonaci se vuoi, ma non ci maledire».

Stephanides si riscosse dalle sue riflessioni: «No, no, figliuoli miei, certo che non vi maledico, vi voglio bene, e voglio bene anche a te, mio caro Tommy, che mi ricordi costantemente il mio Jacques perito così giovane da sembrare ancor un ragazzino».

Gli si inumidirono gli occhi, rimase nella posizione curva, per non mostrare la sua commozione. Poi asciugandosi di nascosto gli occhi riprese a dire riprendendo la posizione eretta: «Che Dio vi benedica, figlioli miei, e che rimaniate puri fino al giorno delle vostre nozze».

«Padre» intervenne Tommy, - era la prima volta che lo chiamava così - benedicici e pronuncia, ti prego, se ciò ti aggrada, le formule religiose del sacro matrimonio».

Stephanides senza pensarci due volte rispose: «Va bene, va bene figliuoli, la meta è ormai vicina, domani potremo dire che il viaggio è alla sua conclusione. Vado a prendere i paramenti sacri per la funzione religiosa. Farò uno strappo alle regole, e pronuncerò le formule del matrimonio, come mi è concesso fare nello stato di necessità».

Marcel e Giovanna, che erano ancora nel boschetto, visti quei preparativi inerenti alla celebrazione di un matrimonio, non posero tempo a chiedere di sposarsi contemporaneamente a Betty e Tommy.

Per i testimoni Stephanides svegliò le persone che erano a lui più vicine ed alla presenza di questi celebrò il duplice matrimonio con tutti i crismi prescritti dai sacramenti.

In questo modo Betty e Tommy poterono coronare con onore il loro sogno d'amore.

Capitolo VII

I festeggiamenti

Stephanides volle organizzare fastosi festeggiamenti per solennizzare le nozze avvenute fra i quattro ragazzi. Gli piacque fare le cose in grande stile, sopratutto per dimostrare ai suoi correligionari che Betty fosse una vera donna e stroncare una volta per sempre le malelingue che circolavano sul suo conto. Tutta la carovana, partecipando ai festeggiamenti, potevano in tal modo testimoniare che il matrimonio era stato consumato con tutti i crismi della cristianità.

Fin dalle prime ore del mattino aveva svegliato i servi per far uccidere alcuni vitellini e organizzare il grande pranzo.

Il capo carovana concesse un giorno di riposo, data l'importanza del duplice avvenimento.

Stephanides Orange era raggiante. Non doveva più, in tal modo, proporre interrogativi imbarazzanti alla propria coscienza.

Invece Jürgen Duplessis, che si era attardato sul suo carro, immerso in un sonno profondo, rimase sbalordito dalla notizia dei due matrimoni e dall'affaccendarsi degli schiavi nella preparazione delle libagioni.

«Come - diceva a se stesso - io sono il fratello di Giovanna e di Tommy e loro non si sono premurati d'informarmi di questi importanti avvenimenti?

È incredibile che lo venga a sapere dalla servitù e non dai protagonisti. Non sono anch'io un membro della famiglia anche se ho appena compiuto quindici anni? Come mai mi considerano ancora un bambino che non ha nessuna voce in capitolo?

E poi Betty, la compagna ideale che io adoro, la ragazza che ho tante volte tenuto fra le mie braccia, così innocente che qualche volta, per esigenza della ballata la trattenevo stretta al mio petto per qualche secondo in più della necessaria presa, senza che lei mostrasse un seppur minimo senso di fastidio, questa ragazza, dico, ha accettato di punto in bianco l'amore di mio fratello Tommy?

Ma è inaudito! »

A Jürgen si era inaridito il cuore.

Non provava più nessun affetto sia per sua sorella Giovanna, che considerava come una madre, e sia per Tommy, che credeva fosse un fratello sincero.

Rimuginando pensieri angosciosi nei confronti del fratello aveva ripreso a confutare il comportamento degli sposi: «Ma come, senza essersi neanche fidanzati, senza che abbiano chiesto il dovuto consenso ai familiari, di punto in bianco, come ladri che vanno a rubare i polli di notte, si sono sposati tradendo in tal modo le aspettative di quanti gli volevano bene».

Jürgen ritornò sul suo carro, benché non avesse sonno si sdraiò sul suo giaciglio, non voleva vedere nessuno, voleva essere solo con se steso.

Cercò di capire perché mai suo fratello Tommy gli aveva sempre negato di considerarsi fidanzato con Betty.

Anzi, e questo era ancora più grave agli occhi di Jürgen, quando gli poneva la domanda se avesse avuto l'intenzione di far la corte a Betty, Tommy infastidito gli rispondeva che era assurdo pensare di innamorarsi di un maschio.

Jürgen a questo punto, affidandosi alle sue reminiscenze, gli si ripresentava alla sua immagine l'esatto viso del fratello angosciato

68

che rispondeva, viepiù infastidito, quando gli riproponeva la stessa domanda, avendo costantemente Betty impressa nel proprio cuore: «Ma pensi che sia tanto cretino da fidanzarmi con un uomo?».

Jürgen meravigliato ripeteva: «Con un uomo?»

«Sì, è proprio così! Avrai visto qualche volta i suoi muscoli, finanche sull'addome! Se dovessi scegliere fra lei e una schiava, non esiterei a unirmi con quest'ultima».

«Perché, perché - ripensava Jürgen - Tommy ha sempre tentato di allontanarmi da Betty?

Possibile che mio fratello sia stato così falso per gelosia nei miei confronti?

Allora lui ha creduto fermamente che avrei avuto la possibilità di soppiantarlo nella relazione con Betty?

E già! È stato proprio così!

La gelosia lo ha rincretinito quando osservava il mio danzare con Betty, e con quanta spigliatezza volteggiavo con la mia infinita passione per il ballo».

Jürgen chiuse gli occhi. Voleva dormire, soffocare nel sonno la sua sofferenza. Non voleva mai più ritornare sull'argomento.

«Basta! Basta per la miseria! È finita! In questa storia non ci voglio più entrare».

Jürgen cercò di dormire; pensava che accucciarsi sul giaciglio alla fine il sonno lo travolgesse, lo stordisse, gli togliesse la facoltà di pensare, e che lo sconvolgimento nell'apprendere l'avvenuto matrimonio fra Tommy e Betty, andrebbe a rinchiudersi, nascondersi, annullarsi nell'angolo più recondito del proprio cervello; ma per quello avvenuto fra sua sorella Giovanna con Marcel dapprima aveva manifestato la sua indifferenza ma dopo ne aveva provato sollievo e soddisfazione. Almeno loro avevano manifestato il loro amore senza alcun sotterfugio. E su quest'ultimi cercava di posporre il proprio pensiero se non si fosse assopito.

Ma il sonno fu avaro con lui.

Scattò in piedi, scese dal carro e cominciò a camminare verso nord. Non voleva vedere nessuno e tantomeno suo fratello e Betty. Sconvolto com'era non poteva assistere ai preparativi di quegli odiosi festeggiamenti.

Non riusciva a capire perché Giovanna avesse sposato Marcel in piena notte, e non gli dava pace che anche Tommy e Betty avessero fatto la stessa cosa.

Jürgen procedendo sulla strada intrapresa si rese conto di dirigersi verso le cascate di Kalkfonteindam. Sentiva ora distintamente il fragore delle sue acque, ma ciò non valse a distogliere il pensiero questa volta su Betty.

«Eppure io l'amavo! - pronunciò ad alta voce come se volesse conversare con qualcuno per scaricare la sua tensione nervosa. - Ma per pudore ho conservato nel mio animo questo sentimento, sicuro che col tempo Betty si sarebbe accorta di me.

Invece no!

Ho perso tempo ad immaginarmi cosa potesse essere l'amore, come poterlo infondere nel cuore di Betty.

Eppure lei sorrideva quando ballando mi eccitavo ed io sono sicuro che se ne sia accòrto; ella non poteva essere indifferente.

Lei, da brava mandriana, deve sapere per forza quali sono le varie fasi della fecondazione.

E i contatti fra noi, durante i molteplici balli, non sono stati ben numerosi?

Oh Betty, Betty!

Allora hai voluto prenderti gioco di me?

E i tuoi sorrisi erano sinceri o ostentati?

70

Oh Betty, Betty!

Quando hai intuito che il mio corpo si trasformava in un atteggiamento che mostrava una dolcezza eccessiva, lo sguardo languoroso, e il mio viso assumeva talvolta l'espressione sensuale e trasognata, perché allora, sì, perché in quei momenti, non ti scostavi dal mio corpo?

Oh Betty, Betty!

Io allora ebbi la sensazione che tu mi incoraggiassi, pur avendo allora ancora quattordici anni, mi stimolassi ad essere più ardito.

Quindi sono stato io a non capire il tuo atteggiamento. Avevo la soggezione che, essendo più piccolo di te di ben due anni, tu non mi avresti mai e poi mai concesso i tuoi favori.

Ora, certo, è tardi.

Dovevo rendermi conto prima che eri già una femmina, e soltanto una femmina, lontana dai puri sentimenti d'amore, desiderosa soltanto d'essere posseduta!»

Così per tutto il tempo dei festeggiamenti Jürgen non si fece vedere. Solo soletto, seduto a terra con le gambe incrociate, si mise ad ammirare le cascate di Kalkfonteindam, e lì, nella solitudine più completa, scoppiò a piangere scuotendo il petto e contorcendosi su se stesso da far pena.

Due dei suoi compagni lo cercarono nel campo perché si esibisse come al solito nel ballo. Seguendo le indicazioni di uno schiavo, si misero sulle sue tracce. Lo ritrovarono a sera tardi, bocconi sul prato, ai piedi della cascata, come se volesse trasfondere la sua vitalità alla madre Terra.

I suoi amici furono sorpresi dello stato di Jürgen, ma nello stesso tempo non poterono che rallegrarsi della bellezza di quel luogo, di quella cascata imponente che metteva i brividi, per poi ritornare pensierosi sulla posizione che aveva assunto Jürgen.

Lo svegliarono e dall'espressione del volto i compagni capirono le tempeste che s'erano scatenate nel suo cuore. Senza nulla dire o fare qualche gesto significativo, lo accompagnarono al campo e quando vi giunsero tutti erano andati a dormire.

L'indomani la carovana fece ingresso nel territorio scelto dal capo dei Boeri, ma prima sostarono nei pressi della cascata. Fu tanta l'attrazione che tutti scesero dai carri per ammirare la sua grandiosità.

«Qui certo - commentarono - non ci mancherà mai l'acqua». La carovana proseguì la sua marcia verso la pianura ove scelsero il luogo per edificare una città che sarebbe stata chiamata Koffiefontein.

Ogni colono, avuto il suo lotto di terreno, incominciò a costruire la propria fattoria secondo le esigenze familiari. In tal modo Marcel e Giovanna edificarono la loro dimora accontentandosi di un solo ambiente e dei servizi necessari.

Non così Tommy e Betty, che dovettero costruire la loro casa con due camere da letto una per loro e l'altra per Jürgen. Ma quest'ultimo non rimase soddisfatto di questa sistemazione.

Cap. VIII

I tormenti dell'anima

Marcel e Giovanna durante la costruzione della loro fattoria dormirono nel carro di Jürgen.

Quest'ultimo, di contro, si era fatta costruire dagli schiavi, che erano bravissimi in questa mansione, una capanna dalla struttura aborigena.

Betty, invece, non ebbe nessuna remora a dormire sul carro di suo marito Tommy.

Finite le costruzioni i novelli sposi si trasferirono con armi e bagagli nelle rispettive abitazioni.

Jürgen per tutto il tempo dei lavori aveva cercato in tutti i modi, d'essere lontano da Tommy e Betty. Ora, che la casa era stata approntata, dovette porsi il problema di dover dormire nella stanza predisposta per lui. Jürgen si sentiva imbarazzato. Era convinto che convivendo con loro si sarebbe sentito come un pesce fuor d'acqua.

Infatti, non se la sentì di partecipare alla bella cena di inaugurazione della casa apparecchiata da Betty, rendendosi irreperibile.

Quella sera, sul tardi, Jürgen si accostò a quella che doveva essere anche la sua abitazione. Sostò per qualche minuto davanti all'ingresso, ma non ebbe il coraggio di entrarvi. In essa trapelava ancora la luce tremolante di alcune lanterne sprovviste delle pareti di vetro.

Jürgen si allontanò di corsa per il timore di essere visto da suo fratello. Da lontano guardava la nuova abitazione, fornita di quelle poche ma comode comodità, che per tanto tempo non aveva potuto usufruire, ma che ora erano a sua disposizione.

Aspettò che le sorgenti di luce, emanate dalle lanterne, si spegnessero una a una poi, indugiò ancora a lungo per dare modo al fratello e alla cognata di prendere sonno, ed infine si introdusse guardingo nella sua camera.

Nel silenzio assoluto di tutto il territorio si sdraiò sul letto senza spogliarsi. Chiuse gli occhi e cadde nelle braccia di Morfeo. Incominciò a sognare ciò che non avrebbe mai voluto anche lontanamente pensare.

Si vide completamente nudo che sbirciava nella stanza del fratello. Voleva vedere Betty, finalmente spoglia del suo abbigliamento maschile, e come doveva essere diversa nella sua femminilità.

Ma non poté.

Suo fratello la copriva col suo corpo. Allora lui preso dall'ira si era recato in cucina, aveva afferrato un lungo coltello e di corsa l'aveva conficcato nelle spalle di Tommy.

Jürgen sudato, turbato, si svegliò di colpo.

Riavutosi dal torpore udì dalla stanza da letto attigua i gridolini, a stento repressi, della cognata nel pieno del rapporto reciproco ed esclusivo di un amore ardente e appassionato.

Jürgen ne soffrì e molto.

La sua afflizione aumentava in simultaneità con le attività amorose degli sposi, tantoché saltò dal letto e fuggì di corsa dal supplizio di quella casa.

L'aria fresca della notte asciugò la sua fronte madida di sudore, ma gli abiti gli si erano appiccicati addosso. Ritornò nella sua vecchia capanna, ove aveva parte della sua roba per cambiarsi. Da lì vide una ragazza ottentotta che si recava a mungere le mucche di prima mattina.

Si precipitò verso di lei, la raggiunse, le prese un braccio, e la trascinò verso quella che ora considerava la sua vera abitazione. Dopo qualche debole resistenza da parte dell'indigena la fece sua.

Placato il tormento, e subentrata la passione, Jürgen le disse: «Sei stata brava, da oggi ti terrò con me. Vai a concludere il tuo lavoro e poi ti trasferisci nella mia capanna».

Andata via la schiavetta Jürgen si distese sulla stuoia per riposare. Ma non riuscì a prendere sonno. Il pensiero lo riportò a Betty.

«Misero me - andava dicendo - l'avevo in pugno e me la son fatta scappare. Io, io dovevo essere a quest'ora sul suo talamo, ed invece … invece mi sono dovuto accontentare di una schiava.

Credevo di aver carpito la vittoria ma non l'ho saputo sfruttarla.

Non ho avuto abbastanza fiducia in me stesso, dovevo impormi ad essere ancora più intrepido, ma per il timore di una reazione violenta, mi sono astenuto di abbracciarla e baciarla con forza. Ma!

Chissà se avesse ceduta al mio desiderio!

Questo poi, non lo saprò mai».

Betty era abituata, per il suo carattere, a prendere l'iniziativa su qualsiasi faccenda. Fece eccezione soltanto quando sul carro, alla sua prima notte di nozze, si pose sul giaciglio, si irrigidì, aspettando che Tommy la possedesse, senza che ella manifestasse una sua pur minima partecipazione.

In quei momenti Betty pensava alla monta del toro sulle sue vacche che rimanevano bloccate davanti alla mangiatoia. Esse dovevano produrre i vitellini, e non altro. Per cui, nella sua mente, era insito il concetto che l'uomo fosse l'artefice della riproduzione e lei la fattrice.

Sin dal primo giorno delle sue nozze e di quelle di suo fratello Marcel, Betty avvertì subito la freddezza di Jürgen nei suoi confronti. Dapprima, quando portò a maturazione le varie fasi dell'atteggiamento del cognato, incominciò a capirne i profondi motivi, rimase offesa. Come poteva pensare Jürgen di accedere al suo amore, e poi soltanto fisico, senza avere almeno tentato di conoscere quali erano i propri sentimenti?

Jürgen era un assurdo, pensava Betty. Rifletteva una subitanea passione per effetto della sua prorompente eccitabilità manifestata soltanto durante lo svolgimento delle danze, l'invidia nei confronti del fratello, l'incertezza dei suoi sentimenti, il nervosismo manifestato per la mancanza degli obiettivi che si era proposto di raggiungere; tutto questo incredibilmente congeniale in un ragazzino all'inizio della sua pubertà. Tutto ciò, e Betty ne era convinta, era privo di ogni fondamento nella ragione, e quindi intrinsecamente contraddittorio, contrario all'evidenza e al buon senso.

Betty comunque incominciava a rendersi conto della sofferenza di Jürgen, ne aveva compassione, ma che poteva fare?

Di rigida religione calvinista doveva avere un contegno molto riservato nei suoi confronti, benché il cuore le suggerisse di parlargli, di convincerlo d'accettare il fatto compiuto, di fargli capire che lei lo considerava un fratellino e che nel nuovissimo villaggio erano disponibili tante ragazze pronte a confortarlo, perché lui era il migliore fra i suoi coetanei, sapeva ballare divinamente suscitando l'invidia di coloro che si muovevano sulla pista da ballo in modo goffo e indeciso.

Ma tutti i suoi buoni proponimenti rimanevano lettera morta.

Betty da quando si stabilì a Koffiefontein non prese più parte alle feste del sabato sera.

Aspettava un bimbo e la gravidanza si mostrava alquanto fastidiosa. Inoltre l'atteggiamento scostante di Jürgen incideva pesantemente sul suo morale. Per tutto il periodo della gravidanza cercò di non mostrarsi al pubblico fin quando partorì un bel maschietto.

Anche in questa occasione Betty non ebbe il piacere di ricevere una visita, sia pure formale, del cognato.

Forse Jürgen la odiava, ma per qual motivo?

Dopo un mese dalla nascita del loro primogenito Tommy e Betty decisero di festeggiare il nuovo venuto all'interno della comunità.

A sera l'intero villaggio si riunì sul piazzale e Tommy, accompagnato da un'orchestrina, era insuperabile con il suo piffero. Tutti presero parte al ballo portando doni al neonato, tranne Jürgen.

Comparve all'ultimo momento per esibirsi con una giovane ottentotta, quando era già notte e qualcuno incominciava a rientrare nella sua abitazione. La sua improvvisa apparizione suscitò riprovazione in tutti quelli che erano ancora presenti.

Betty si addolorò a tal punto da lasciare la festa e rinchiudersi in casa con il suo bambino, affidandolo alla servetta.

Jürgen se n'avvide, lasciò in asso la ragazza selvaggia, rincorse Betty, spinse la porta per entrare in casa, ma era sbarrata dall'interno. Bussò con rabbia, ripetutamente, tanto da attirare l'attenzione dei vicini; alfine uno stridio dei cardini rese possibile a Jürgen di vedere Betty in tutta la sua magnificenza. La gravidanza l'aveva trasformata in una splendida donna.

Anche lui era cambiato. Era un giovanottone ormai e molto prestante. Aveva superato in altezza suo fratello Tommy.

Jürgen la guardò fissa negli occhi, fece l'atto d'abbracciarla ma lei si ritrasse.

«Che cosa ti prende! - Gridò Betty - Sembri un forsennato. Perché agisci così intempestivamente? Ora saremmo lo zimbello dei nostri conoscenti! Sei contento?

Non ti fai vedere per giorni, poi appari in compagnia di un'ottentotta suscitando scandalo. Non ti vergogni?

Ed ora dimmi cosa vuoi e vattene da qui!»

«Ti ricordo che questa è anche casa mia e pertanto non mi puoi buttare fuori. Nella mia stanza ho ancora qualcosa che mi appartiene. Se dovessi decidere di dormire qui non puoi far niente per impedirmelo.

Ma non lo farò!

Né ora né in avvenire.

Non voglio straziarmi il cuore ascoltando di notte i vostri gridolini. Mi fanno impazzire.

Perché hai avuto tanta fretta di sposare Tommy?

Io so che mi hai amato in passato e forse un mio atto più audace avrebbe sortito l'effetto desiderato. Ma io ero puro, puro come te e l'attesa d'essere corrisposto aumentava la mia passione, attivava viepiù il desiderio di averti tutta per me.

Vorrei tanto sapere perché ti piaceva ballare esclusivamente con me e non con Tommy, oppure con qualchedun'altro.

Io lo so, ed anche tu sai il perché».

«Ora basta! - Proruppe a dire Betty. - Chiudi quella bocca che sa ancora di latte materno! Se proprio lo vuoi sapere non ti ho mai amato».

«Non è vero! Allora perché mi stringevi al tuo corpo per sapere se mi eccitavo?

Ti prego, abbracciami come allora e vedrai che la mia passione per te invece di scemare si accrescerà maggiormente», e così dicendo pose le sue labbra su quelle di lei.

Al primo contatto Betty, che ora era sovrastata dalla statura di Jürgen, sembrava sciogliersi alla passione di lui, ma qualcosa nel suo ventre si mosse, e lei con violenza si scostò da lui lasciando l'orma della sua mano destra sul suo viso.

Jürgen indietreggiò stupito.

La sua guancia si era arrossata, s'accorse che era di fuoco quando istintivamente la toccò con la sua mano sinistra.

«Non mi vedrai mai più, mai, mai più!» gridò Jürgen.

Uscì di casa, andò nella sua capanna, prese la sua roba, e via di corsa in groppa al cavallo.

Betty si riscosse, certo voleva bene a suo cognato, ma non poteva essere la sua amante!

Voleva comunque chiedergli scusa per lo schiaffo, ma mentre s'avviava alla sua capanna lo vide galoppare verso il suo infinito.

«Jürgen! Jürgen!»

Lo chiamò con quanta voce avesse in corpo.

«Fermati, ti prego! Rallenta la corsa, ascolta!

Metti da parte il tuo rancore. Dimentica la tua esuberante adolescenza. Non voglio che te ne vada così da me.

Fermati Jürgen!

Non andare verso l'ignoto, non immergerti nel pericolo!

Jürgen, ecco ti chiedo scusa; è vero, si, si, ti ho amato quando ballavamo, non starmi lontano, ne soffrirei per tutta la vita.

Ti prego, non privarmi della tua presenza».

Betty piangendo volle ugualmente raggiungere la capanna di Jürgen. Volle vedere dove aveva dormito per tutti quei mesi, e quivi trovò Khianua, la schiava ottentotto, che Jürgen aveva condotto al ballo, in lacrime, desolata, afflitta, con la disperazione nel cuore.

Sembra strano, ma le due donne s'abbracciarono come se avessero perduto per sempre l'uomo che amavano, come se la differenziazione razziale si fosse infranta in nome dell'amore.

Cap. IX

Gli eroi dell'emigrazione Boera.

Jürgen, dopo un lungo galoppare, scorse la familiare collina dove aveva trascorso la sua fanciullezza. Laggiù scorreva placido l'Orange e più ad est si intravedeva la foce del Caledon. Non ebbe il coraggio d'oltrepassare il luogo della sua adolescenza senza fermarsi e salutare i suoi genitori e i suoi fratelli. Il cuore battendogli forte, forte, non gliel'avrebbe permesso.

L'incontro fu commovente. Constatò che i fratellini erano cresciuti di un palmo di mano. A loro volta i genitori furono sorpresi nel constatare che Jürgen si era trasformato in un vero uomo. Aveva superato il padre in altezza e robustezza. Ad ogni suo movimento riaffioravano sotto il suo leggero abbigliamento i muscoli del braccio, della coscia ed i magnifici pettorali.

A cena Jürgen informò i suoi degli ultimi avvenimenti verificatesi a Koffiefontein, e come questa si era trasformata in una graziosa cittadina. Il padre a sua volta gli disse che tutto procedeva come prima e che la sua assenza, quella di Giovanna e di Tommy, aveva provocato un vuoto incolmabile in famiglia. La mamma al ricordo non faceva che piangere.

François Duplessis preannunciò inoltre al figlio che per il prossimo mese sarebbero arrivati a casa sua i promotori di un piano che consisteva nell'abbandono in massa e definitivo di tutti i Boeri dalla Colonia del Capo.

Jürgen pose molta attenzione a questo problema e l'idea di ripartire subito dalla casa dei suoi genitori la accantonò in attesa di conoscere i capi del movimento.

Il tempo trascorse in fretta e finalmente giunse il giorno in cui ebbe luogo l'annunciata riunione nella fattoria promossa da Pretorius Andries Willem Jacob.

Erano intervenuti Retief Pieter, Maritz Ferrite, Potgieter Hendrik, Uys Peter e Boshoff, per decidere il da farsi, dopo che i Cafri nel 1834 avevano invaso la Colonia del Capo, facendo strage di Boeri e d'Inglesi e guastando con rabbia selvaggia tutte le regioni che avevano attraversato.

In questo convegno non si parlava ma si gridava, per esprimere meglio il loro stato d'animo.

Venivano pronunciate le parole con voce altisonante da tutti i partecipanti:

- «Gli Inglesi non ci hanno protetti e noi non possiamo più contare sulle loro armi».

- «Dobbiamo armarci convenientemente per imporre i nostri interessi. Imbracciamo le armi e facciamo giustizia dei capi Inglesi e dei Cafri per vendicare i nostri morti».

- «Gli Inglesi vogliono viepiù umiliarci, aizzando gli indigeni contro di noi. Essi vogliono relegarci nelle zone disabitate, uno lontano dall'altro, per dividerci e non essere un popolo compatto».

- «Siamo stufi di essere sudditi, e per giunta non protetti dal loro esercito; anche se i Cafri sono stati respinti nelle loro sedi, non possiamo sopportare che questi selvaggi abbiano la possibilità di ripetere le loro funeste imprese. Moltissimi Boeri piangono ancora i loro morti, e ciò non si deve mai più verificare in avvenire».

- «Io me la prendo con le missioni religiose evangeliche, quasi tutte inglesi, che soffiano ancora sul fuoco delle trascorse guerre di religione in Europa. Dico io, non siamo tutti cristiani?

Oppure solo perché siamo luterani e calvinisti ci vogliono sterminare per mano dei sanguinari Cafri con i quali vanno d'amore e d'accordo?»

- «Ma come è possibile che parteggino per loro contro di noi, solo per il fatto che trovano più facile convertirli alla loro setta visto che fra noi non sono riusciti ad avere un solo successo di proselitismo?»

- «Gli Inglesi, tramite gli evangelisti, vogliono sottomettere tutti gli indigeni che vivono nei territori compresi tra il Sudan e la Colonia del Capo, alfine di avere un unico territorio compatto, attraverso l'Africa Australe, che congiunga il Cairo a Kaapstad. In tal modo da una parte frusterebbero i tentativi dei Tedeschi che vorrebbero unire le due colonie; quella posta sull'oceano Indiano con quella che si estende sull'oceano Atlantico, e dall'altra i propositi dei Portoghesi, sulla stessa linea dei Tedeschi, di vedere uniti territorialmente il Mozambico con l'Angola».

- «Ecco a cosa sono servite ben trenta missioni religiose evangeliche, certamente più numerose di quelle che operano nel Galles, nell'Irlanda del Nord e nella Scozia».

- «Ecco perché questi evangelisti sono riusciti a radicare nell'opinione pubblica inglese l'avversione contro di noi».

- «Ecco perché nel loro inconsulto odio contro di noi hanno indotto il governo Inglese ad abolire la schiavitù per sottrarci la mano d'opera, mentre nelle Americhe la si mantiene per favorire i loro coloni».

- «Ne abbiamo fin sopra i capelli di questa oppressione da parte degli evangelisti e del governo della Colonia del Capo».

Intervenne a questo punto Pretorius:

- «Visto che siamo tutti concordi nel lasciare le nostre terre, e dato che una gran parte dell'Africa meridionale non è stata ancora colonizzata dalle potenze europee, andiamo noi a occuparle!

Non aspettiamo ancora che Tedeschi, Inglesi o Portoghesi s'impossessino di queste terre, che sono sicuro sono state destinate a noi da Dio, perché noi rappresentiamo il popolo più fedele ai suoi principi divini.

Siamo o non siamo un popolo libero e unito?

Siamo o non siamo un popolo che può disporre del proprio avvenire, tagliando per sempre i lacci che vogliono legarci a questa terra in qualità di sudditi o peggio ancora come servi della gleba?

Allora, abbandoniamo questa terra fonte di lutti e preoccupazioni; abbandoniamo, seppure con rammarico, quello che abbiamo costruito!

Che Dio possa guidarci, come fece per il popolo d'Israele, e condurci nella *Terra promessa*».

Quello che fu deliberato nella fattoria di Duplessis ebbe vasto eco fra i Boeri e tutti furono d'accordo di lasciare il territorio della Colonia del Capo per cercare "La Nuova Patria" verso il Nord, ove si riteneva che quelle terre fossero poco popolate e pressoché inesplorate.

Nel 1836 e 1837 ebbe luogo l'emigrazione in massa dei coloni Boeri, detta *the great trek,* oltre i confini politici della Colonia del Capo, in cerca di nuove sedi in regioni lontane, in gran parte inesplorate, avvenimento unico nella storia coloniale.

****

Il percorso per raggiungere, secondo un detto ebraico *"la terra promessa"*, brulicava di mandrie inquadrate da gran parte dai servi, in maggioranza Ottentotti, che erano considerati più famigli che schiavi, seguiti da un'interminabile colonna di carri trainati dai buoi, sui quali erano ammassati tutti i beni che i Boeri erano riusciti a caricare.

A sera la colonna si radunava nelle vicinanze di fiumi, e si disponevano in tanti gruppi formando un doppio cerchio in posizione di difesa, lasciando al centro un vasto pianoro per consumare i pasti e poi raggrupparsi fra conoscenti per dar loro luogo all'allegria con balli al suono dei loro strumenti musicali.

Questi balli erano organizzati per stemperare le fatiche e i possibili pericoli di un attacco da parte degli indigeni. La sosta, sulle rive dei fiumi o sui suoi affluenti, si protraeva per diversi giorni, e non di rado si verificavano in queste feste nuove conoscenze fra i giovani, con l'inizio di nuovi amori. La tappa si rendeva necessaria per dare modo agli esploratori di indicare i percorsi da seguire per raggiungere la terra anelata con tanto ardore da tutti i Boeri.

Capitolo X

Gli amori di Jürgen.

Dalla fattoria di suo padre, posta su una collina, Jürgen con lo sguardo spaziava sulla verde vallata, fino ad individuare a settentrione gli alberi sulle cime delle lontane montagne, e a sud il luccichio del braccio del Caledon, le cui acque a seguito di un acquazzone, si versavano con rabbia nel fiume Orange. Ad un tratto si presentò ai suoi occhi una carovana che s'arrampicava su un ripido e aspro sentiero per sfociare, attraverso una gola, sulle altre pianure del nord.

Man mano che la carovana procedeva sulla strada intrapresa attraverso i monti, diveniva sempre più visibile, tanto che Jürgen, attraverso il cannocchiale, poté individuare le persone a bordo dei loro carri.

Uno di questi era caratterizzato dai teloni pitturati che rappresentavano una serie di animali, dall'antilope agli elefanti, intervallati da motivi floreali. Era seguito da un altro carro, anch'esso pitturato esclusivamente da scene di caccia, praticate certamente da indigeni, e guidato da un Afrikaner, individuato dal suo caratteristico abbigliamento. Sul primo carro erano a cassetta un vecchio e una giovanissima ragazza dai riccioli d'oro.

L'averla individuata accese la sua fantasia. Con la lunga esperienza avuta con Khianua, aveva deciso di approfittare delle occasioni per rinverdire il proprio amore verso il gentil sesso.

Jürgen, senza pensarci due volte, decise di aggregarsi alla carovana.

L'addio con la sua famiglia provocò una profonda commozione. La madre, con l'incubo che gli potesse accadere qualche disgrazia, lo implorava a non lasciare la fattoria, in quanto sarebbe andato incontro ai pericoli costituiti dagli agguati mortali da parte di bellicose tribù. Ma a nulla valsero le preghiere della madre e dei fratellini più piccoli. Jürgen, da quel testardo che era, non si fece commuovere. Sellò il cavallo e via verso la nuova avventura.

Passò in rassegna i carri fin quando individuò quelli visti dalla collina.

«Salve, - rivolgendosi al vecchio seduto a cassetta - sono Jürgen Duplessis, posso essere utile nel condurre il carro?»

«No grazie, riesco ancora a governare le bestie».

Intervenne la moglie che sedeva alla sua sinistra:

«Come hai detto che ti chiami?»

«Jürgen, nonnina».

«E sai governare le bestie a dovere?»

«Certo, nonnina, è il mio mestiere».

«Bene, allora attacca il cavallo dietro il carro e dai il cambio a mio marito che è stanco morto».

Ribatté il vecchio:

«Non sono per niente stanco, non ho bisogno dell'aiuto di nessun damerino».

A questo punto s'affacciò dal carro Sigismunda, una ragazza al di sotto dei trent'anni, bruna e con un'abbondante chioma che le copriva le spalle oltre i fianchi: «Nonno, ma se non ti reggi in piedi perché rifiutare quest'offerta che piove dal cielo?

Non è vero, nonna?»

«Sì, è così, tuo nonno crede di sentirsi ancora un giovincello, ma poi, come vedi, non si regge in piedi».

«Ben trovato, Jürgen - riprese a dire Sigismunda - sali in cassetta e prendi le redini del carro».

Intervenne la nonna: «Devi sapere Jürgen, che sono un'ottima cuoca».

Poi, rivolgendosi al marito: «Su Juan, va' a coricarti all'interno in modo che le tue nipoti ti possano accudire, mentre io interrogo questo bel giovane».

«Grazie nonnina, da ora sono al suo servizio».

Sbucò dall'interno del carro un'altra giovane donna, anch'essa bruna, piuttosto carina, con un bel sorriso che le ringiovaniva il viso.

«Hai detto di chiamarti Jürgen, bene, piacere, io sono Gaula Guevara, e l'altra mia sorella è Guandalina dai riccioli d'oro. Spero che ti troverai a tuo agio fra noi». A Jürgen parve cascare in quella famiglia come il cacio sui maccheroni, pensando alle giovani donne sul carro, e ne trasse i migliori auspici pensando alla sua attività di conquistatore. Poi per non dar modo alla nonna il sospetto che lui era interessato alle ragazze Jürgen domandò: «Toglietemi una curiosità, chi ha avuto la fantasia di decorare questi carri? E da dove provenite?»

«Veniamo dal territorio in cui si possono ammirare le splendide cascate di Augrabies o Cento Cascate.

Il luogo è incantevole ma è infestato dai crudeli Boscimani; uno di loro, tuttavia, ci ha decorato le tele dei carri».

«Sono feroci?»

«Non saprei dare un giudizio al riguardo, delle volte si, ed altre volte no. Basta non provocarli. Sono soprattutto vendicativi anche nei confronti di chi li ha stimati. Certo gli Ottentotti sono molto più pacifici.

I Boscimani posseggono armi micidiali con le punte delle loro armi intrise di veleni che non perdonano. Anche i pachidermi non sono esenti da tale veleno e quando vengono colpiti cadono stecchini dopo appena ventiquattro ore. Nessuna fiera sfugge alla loro strategia e pertanto si sono dimostrati eccellenti cacciatori. Quando si mettono in testa di uccidere una qualunque selvaggina la inseguono per intere giornate, fintantoché essa cade vittima delle loro frecce avvelenate.

Mio padre era riuscito a entrare in rapporto con loro e aveva cominciato a studiarli, ma essi erano riluttanti a essere esaminati. Li ammirava, comunque, per la loro capacità di lasciare graffiti e pitture rupestri dappertutto, ove eccellono nelle rappresentazioni di guerra e di caccia riprodotte naturalisticamente».

«Perché i tuoi genitori non sono con voi?»

«È una brutta storia, te ne parlerò quando sarò più calma. Dimmi piuttosto di te. Dove sei diretto?

Il cavallo che ci segue è proprio bello. È tuo?»

«Certo che è mio».

«E non possiedi altro?»

«Possiedo queste due pistole che tengo sempre ai fianchi. Vi sono altre domande?»

«Ti ho importunato?»

«Ma no, domandami qualsiasi cosa e ti risponderò senza mentire».

«Allora un'ultima curiosità, sei legato con qualche ragazza?»

«Non ho ancora incontrato quella giusta, ecco perché me ne vado in giro per il mondo».

«In cerca di avventure?»

«Non è come pensi; voglio una donna vera, piena di sentimenti, che sia una brava massaia, che sappia governare le bestie, che sappia ballare e organizzare festicciole con gli amici e conoscenti per divertirci, che non sia una bigotta, che sappia valutare i sentimenti altrui, che …»

«Olà! Ma non chiedi troppo?»

«No, non chiedo troppo, perché effettivamente esiste una tale donna, ma per cambiare discorso parlami della ragazzina che un'ora fa era seduta vicino al nonno. Non è certamente tua sorella».

«Ah, ecco, ci risiamo.

Allora ti dico sin da ora. Lei non si tocca! Intesi?

Non vorrai pensare che noi mostriamo le nostre bellezze per attirare i bellimbusti come te?

Anzi, giacché preferisci le minorenni, è meglio che ti allontani subito, scendi e vai a guidare l'altro carro che ci segue».

«Ho forse detto qualcosa di sconveniente?»

«Niente di tutto questo, ma scendi e vai nel secondo carro. Ci vediamo stasera all'ora della cena!»

Jürgen calò il capo, si allontanò senza replicare prendendo posto accanto all'Afrikaner.

Muto l'uno e muto l'altro.

Proseguirono il viaggio fino a sera. Jürgen scese dal carro per governare i buoi sottraendoli al giogo del carro dove erano le tre ragazze e i nonnini.

Sigismunda gli si accostò:

«Scusami se sono stata aspra con te. La nostra sorellina ha appena tredici anni, e sai benissimo che a quell'età ci si innamora facilmente. Non vogliamo che si ripeta la storia di nostro padre. Sono scusata?»

«Non c'era bisogno di scusarsi!»

«Mia nonna sta già preparando la cena.

Sai, è bravissima; chi ha avuto la fortuna di assaggiare la sua cucina difficilmente si allontana da noi».

Effettivamente la cena fu squisita e dopo che la tavola fu sparecchiata, ecco all'improvviso echeggiare il suono di un nuovo strumento musicale inventato da qualche anno da un viennese: la fisarmonica.

Questo suono induceva chiunque a ballare, e coinvolgeva anche quelli che non sapevano adattarsi alle note dello strumento. Sigismunda incominciò a muoversi da sola, si inebriava nel vortice della danza facendo sollevare la sua capigliatura all'altezza delle sue spalle.

Jürgen non poté far almeno di assecondarla.

A questa ballata popolare si unì anche Gaula, che scalzò letteralmente la sorella nella seconda danza. Gli altri Boeri si riunirono in cerchio attorno a loro. Accorsero altri ragazzi muniti di chitarre, tamburelli e delle castagnette doppie, formando in tal modo un'intera orchestra.

Gaula era fantastica, peccato che non avesse la massiccia capigliatura della sorella che avrebbe dato alla sua figura un aspetto di una vera gitana. Seguendo i ritmi con acrobatica virtù mista a un'autentica passione, superò nella rappresentazione lo stesso Jürgen. Infatti, lui restò stupito per la sua bravura.

Tutt'intorno si riunirono altre persone che accompagnarono con i loro movimenti sinuosi le ultime composizioni dei Lusitani.

Alla fine i presenti si spellarono le mani per l'entusiasmo suscitato nei loro animi e reclamarono a gran voce che i due ballerini ballassero la jota, una danza popolare in voga in tutta la Spagna, soprattutto in Navarra.

Jürgen avvampò, era il suo sogno poterlo ballare in pubblico e nello stesso tempo desiderava che gli applausi fossero diretti soltanto a lui, così avrebbe restituito la pariglia a Gaula che si crogiolava per gli applausi ricevuti.

Danzarono battendo i piedi al suolo con passo variato e rapido, cercandosi e sfuggendosi con nervosa agilità. Alla fine di ogni strofa si abbracciavano.

Effettivamente Jürgen fu insuperabile. La stessa Gaula dovette ammettere la sua superiorità e fu costretta a battergli le mani.

Sigismunda, per non sfigurare al confronto, si ritrasse nel suo guscio. Seguì ora una musica languida ed i nostri ballerini, ancora con l'affanno, si disposero al nuovo ballo.

Si strinsero tanto che sembrava si abbracciassero.

Sul finire della musica Jürgen posò per un momento le sue labbra su quelle di Gaula ed ella non perse tempo per ricambiare con effusione.

Poi, dandosi la mano, si allontanarono da quel posto dando sfogo alla loro subitanea passione.

Jürgen prese posto per dormire in fondo al secondo carro. Quale fu la sorpresa che in piena notte una donna si pose al suo fianco.

«Gaula, amore mio, vedo che hai bisogno ancora d'amore. A me non dispiace affatto».

La donna non rispose, anzi disse solo con un filo di voce: «Eh sì!»

Jürgen, nonostante si sentisse stanco, appagò la donna. Ma essa, con una voluttuosità incessante, non faceva altro che replicare la sua morbosità fintanto da sfiancarlo e renderlo inebetito.

Solo allora la donna, dall'abbondante capigliatura che si protraeva oltre i fianchi, e che, per non essere riconosciuta non aveva pronunciato una sola parola, ritornò sul suo carro.

Quando Jürgen si svegliò, il carro aveva già percorso decine e decine di chilometri.

Si portò a cassetta e stette muto insieme all'altro per qualche ora.

Poi, stanco, domandò all'Afrikaner: «Ti dispiace parlare?»

«No!»

E così, tirandogli le parole dalla bocca e raccontandogli alcune sue prodezze, riuscì a conquistare la sua fiducia e a farsi raccontare la storia dei suoi padroni.

Seppe così che il padre delle tre ragazze, Manuel, era il figlio unico di questi nonni dal nome altisonante dei Guevara, provenienti dalla Spagna.

Si erano stabilizzati nel territorio di Kaapstand, non lontano dal territorio dei Boscimani.

Sbarcati in Africa, avevano acquistato un feudo con una numerosa mandria ed in pochi anni diventarono ricchi latifondisti.

Inviarono il figlio a studiare a Città del Capo, ma lì il ragazzo dissipava la cospicua retta mensile inviatagli dai genitori con una splendida Bastaards che lavorava come ballerina in un circolo spagnolo. Con costei Manuel concepì Sigismunda e Gaula.

I nonni, cioè i genitori di Manuel, non vollero accogliere in casa la donna ma accettarono di occuparsi delle bambine.

Lui, che era diventato provetto ballerino, per ripicca verso i propri genitori, scomparve per qualche tempo accompagnando la Bastaards in tournée per l'Europa.

Dopo quindici anni, stanco di girare il mondo, abbandonò la sua compagna a Parigi per essersi innamorato di Maria, una giovanissima calabrese proveniente dall'Aspromonte. Avendola messa incinta dovette sposarla, a scanso d'essere accoltellato dai suoi fratelli. I genitori della ragazza per assicurarsi che Manuel fosse fedele alla moglie l'obbligarono a vivere con loro. Gli stessi dopo la nascita della bambina, avendo terminato il loro lavoro nella capitale francese, decisero di ritornare in Calabria per rinchiudersi sull'Aspromonte. Ma giunti a Marsiglia Manuel e la moglie con la bambina, sfuggendo a quella stretta ed inaudita sorveglianza, si imbarcarono per il Sudafrica. Giunto al Capo Manuel decise di presentarsi alla fattoria dei propri genitori con la moglie e la loro bambina, Guandalina, di qualche anno.

Nacque in quella casa un attrito fra le sue prime figlie e la matrigna. Spesso per non assistere alle liti fra i suoi genitori, la moglie e le figlie, che gridavano tutti come pazzi, Manuel si rifugiava presso i Boscimani con i quali era riuscito ad avere un buon rapporto. E quando alla sera per un nonnulla si riaccendevano i litigi egli preferiva dormire in una capanna messa a sua disposizione dagli indigeni. Manuel aveva accettato ben volentieri la loro ospitalità, li stimava specialmente per quella loro arte povera ma di una certa bellezza scenica.

I Boscimani pensarono che volesse sposare una delle loro fanciulle e così gli fecero trovare nella capanna una di quelle ragazze che lui guardava più frequentemente.

La cosa, che si ripeté più volte nell'arco della settimana, mise in agitazione la moglie che un giorno lo seguì e, visto come si svolgeva il rituale, non perse tempo a sparare con la Colt del suocero la povera fanciulla boscimana.

Il padre di costei inorridito e furioso corse ad impugnare la sua lancia per far giustizia. Il marito di Maria, Manuel, mettendosi in mezzo, era certo di fermare la giusta rabbia dell'indigeno, ma la moglie, impugnata di nuovo la pistola, fece fuoco anche contro di loro.

Allora i Boscimani, indignati, scoccarono le loro frecce contro la moglie omicida e uxoricida, uccidendola.

Ma la storia non finì lì.

I Boscimani chiesero un forte riscatto sia per restituire i cadaveri dei due coniugi e sia per la perdita di due componenti della propria tribù. Non avendone avuta risposta, assalirono la fattoria depredando tutta la mandria.

Jürgen rimase impressionato da questo racconto e dagli atteggiamenti amorosi delle due sorelle ninfomani.

Nonostante si trovasse a suo agio, capì che non poteva continuare quella vita da stallone; il suo fisico non avrebbe retto a lungo ai prolungati sforzi.

Già avvertiva il deperimento del proprio organismo e se avesse persistito con quel ritmo ne avrebbe risentito la sua salute.

Inoltre quella vita a tre poteva determinare fra le sorelle violenti contrasti, che potevano culminare in un ennesimo omicidio.

Alla prima occasione scappò da quel carro raggiungendo la confluenza delle altre carovane esclamando: «Mi dispiace abbandonarvi, ma qui su questo vostro carro o finirò tisico, oppure con un proiettile al cuore».

Capitolo XI

La convergenza delle carovane.

Il grande raduno avvenne al di là del fiume Caledon, alle pendici dei Monti Aux Sources, non lontano dall'attuale città di Harrismith e del Golden Gate Highlands National Park.

Alcuni capi boeri si riunirono per discutere il da farsi.

«Noi - disse Potgieter Andries, - siamo in movimento da più settimane. Proveniamo da Kaapstad e la mia gente è stanca di questo continuo pellegrinaggio. Ci fermiamo qui, in questa regione che risponde alle nostre aspettative».

Ribatté Retief.

«Ognuno può decidere se proseguire ancora più a nord o scendere nella vicina Natal che non è stata ancora colonizzata da alcuna di quelle Nazioni Europee presenti nel Sudafrica quali la Germania, il Portogallo e l'Inghilterra.

È qui che si trova la nostra terra promessa, una terra ricca di acque e bagnata dall'oceano Indiano».

Maritz proclamò invece che avrebbe continuato la sua marcia fino al fiume Limpopo, il più lontano possibile dalla Colonia del Capo, ove l'influenza dell'Inghilterra era inesistente.

«Noi andiamo avanti al di là del fiume Vaal. Il territorio è perfettamente consono alle nostre esigenze, è ricco di foreste, di pascoli e di terreni fecondi. Esiste una splendida pianura, facilmente collegabile con le altre località ove ho sempre pensato di fondare una città» concluse Pretorius.

Infatti, di lì a qualche anno, quel villaggio sarebbe stato chiamato Pretoria, nome conferitogli dai Boeri in suo onore.

****

Intanto a Koffiefontein Tommy e Betty si sentirono improvvisamente soli per la partenza improvvisa di Jürgen.

È vero che il congiunto non si faceva vedere che rare volte, ma è anche vero che Tommy e Betty sapevano dov'era e cosa stesse facendo. Loro si erano assunti la responsabilità del ragazzo e ne volevano seguire i passi come se fossero i veri genitori. Sapendolo reperibile stavano tranquilli.

Certo, pensavano che fosse questione di tempo per far digerire a Jürgen di essersi sposati senza neanche dirgli che erano già fidanzati. Tommy poi, alla luce degli ultimi avvenimenti, incominciò a ripercorrere il passato quando Jürgen, durante la marcia dell'esodo, in assenza di Betty, spesso gli faceva compagnia, dopo aver lasciato le redini del carro alla sorella Giovanna. Parlando del più e del meno ad un dato momento Jürgen, con la voce tremante e soffocato da un'improvvisa commozione, gli pose la seguente domanda: «Dimmi la verità Tommy, ti sei fidanzato con Betty?»

Ascoltando la richiesta di Jürgen il fratello si preoccupò.

Lì per lì non rispose, poi sulle sue guance apparve un leggero rossore, fece una smorfia involontaria che rifletteva sentimenti di avversione, si ricompose in un forzato sorriso.

Poi rispose asciutto: «no caro».

Data la sua sensibilità ora Tommy incominciò a tormentarsi con la consapevolezza e col ricordo del male commesso nei confronti del fratello.

Si rimproverava di non essere stato sincero con lui, anzi aveva tentato di dissuaderlo col trattenere un'affettuosa amicizia con Betty. Infatti, quando Jürgen, dopo qualche tempo gli riproponeva la stessa domanda, e cioè se si fosse fidanzato con Betty, egli rispondeva col suo solito diniego.

In seguito per non essere ulteriormente infastidito aggiungeva:

«Ma pensi che sia tanto cretino da fidanzarmi con un uomo?»

«Con un uomo?» ribatteva Jürgen.

«Sì, è proprio così! Avrai visto qualche volta i suoi muscoli, finanche sull'addome!

Se dovessi scegliere fra lei e una schiava, non esiterei a unirmi con quest'ultima».

«E perché non te la scegli fra quelle che ci seguono e la fai dormire sul carro?»

«Non sono ancora tanto scemo da farmi considerare un'anima perduta dai nostri compagni di viaggio.

E poi, se dovesse nascere un figlio, io per primo lo dovrei allontanare da me, perché considerato da tutti un Afrikaners o peggio ancora un Bastaards o un Griqua».

Tommy continuava a discorrere con Jürgen che gli domandava: «Ma perché questa gente è considerata una sottospecie dell'umanità?»

Tommy era pronto a rimbeccargli: «In che mondo vivi, Jürgen?

Iddio ha stabilito che l'uomo deve dominare sugli altri esseri viventi dandogli anche il potere della vita e della morte. Per cui, come ci è stato tramandato dalla Bibbia, abbiamo anche il diritto d'avere gli schiavi che sono gli intermediari tra le bestie e noi cristiani».

«Ma alcuni di loro sono anche cristiani come noi!» ribatté Jürgen.

«Ma non farmi ridere! Sono cristiani per convenienza.

Non ti sei ancora accorto che quelli che si professano cristiani portano ancora gli amuleti addosso?»

Continuando a parlare Tommy aggiunse: «E poi sono poligami, uccidono i loro compagni in base al verdetto degli stregoni, dopo aver verificato il risultato delle viscere degli animali e il colore delle loro erbe ecc. ecc.

Debbo continuare?»

«No, no, basta così, - rispose Jürgen - mi hai convinto.

Ma allora, pur conoscendo tutto ciò, preferisci andare a letto con un'Ottentotta invece che con Betty?».

«Sì, sì, proprio così!

Ed ora ti prego rispondimi con sincerità, - riprese a dire Tommy - pensi di invitare Betty sul tuo carro?»

«Eh no, proprio no. Sul mio carro già tubano Marcel e Giovanna. Figurati se incominciassimo anche noi!

E poi Betty è più grande d'età rispetto a me, ci sono ben due anni di differenza, e mi supera anche in altezza, perciò dovrebbe fare lei la prima avance, come ha fatto Marcel nei confronti di Giovanna».

«Sei ancora così timido da non provarci? - continuò Tommy - »

«E se mi mollasse uno schiaffo?

Con quei muscoli che si ritrova, mi farebbe girare la testa chissà per quante volte!

No, no non ci provo, sebbene qualche volta ne sia tentato».

Tommy ricordava che, dopo questa discussione con Jürgen, si sentì tanto soddisfatto per aver confuso le idee al suo fratellino.

Ora che ricordava tutto quell'antecedente, provava un profondo rimorso. Tutto quello che aveva detto a Jürgen era esattamente l'opposto di quello che pensava. E ciò perché Tommy considerava il fratellino ancora incapace di comprendere la vita che si svolgeva fra i Boeri.

****

Tommy comunque voleva assai bene al fratello perché ne poteva esercitare l'autorità essendo più grande di lui. Aveva sentimenti d'affetto certamente superiori a quelli rivolti a Betty. Voleva bene a quest'ultima ma non nella forma di essere veramente innamorato. Lei era troppo autoritaria, quello che diceva doveva essere legge anche nelle cose più insignificanti. Quand'erano insieme, era lei che conduceva il discorso con gli altri. Tommy si sentiva relegato, in tal modo, in secondo piano perché Betty contraffaceva il suo pensiero sugli argomenti del giorno che si svolgevano tra i Boeri, tutti riuniti sul piazzale di Koffiefontein. A lungo andare veniva disistimato dai suoi conoscenti.

In questi ultimi tempi, poi, i Boeri calvinisti intransigenti non approvavano il comportamento dei Duplessis: l'uno troppo remissivo, l'altro, al contrario, eccessivamente possessivo.

Tommy che, avvertiva tale biasimo, andava col pensiero al tempo andato. Ricordava spesso il costume da bagno indossato da Betty e i giochi in acqua eseguiti con lei per divertirsi. Ora gli sembrava che qualcosa fosse cambiato fra loro. Non sapeva cosa, ma certamente l'entusiasmo di aver sposato Betty si era alquanto affievolito.

Ma stranamente non era cosciente che suo fratello Jürgen rappresentava il vero problema.

Tommy spesso si domandava: «Amo ancora Betty? No, non l'amo più, almeno nella stessa intensità di prima».

Eppure quella notte, sul carro, Tommy l'aveva amata, amata veramente, di un amore appassionato e amabile, anche prima l'aveva amata ma con soggezione, e come l'aveva amata quella prima volta continuò ad amarla sempre di più nei giorni successivi. Ricordò se stesso, così com'era allora, appena un anno fa e constatò di non essere più in possesso della gaiezza di una volta. In questo ricordo venne investito da un soffio di quella freschezza, di quella giovinezza, di quella pienezza di vita e si sentì infinitamente triste.

Tommy aveva appena venti anni.

****

Dapprima Betty e Jürgen venivano osannati per i loro balli che riuscivano a trasmettere, a quelli che li applaudivano, uno stato di benessere, i quali lo esprimevano con allegria e vivacità esuberante. E ciò era dovuto al rimpianto dei loro anni giovanili trascorsi senza alcun divertimento o distrazione dal lavoro, intenti, com'erano, a sollevarsi dalle ristrettezze economiche.

Essi non avevano mai avuto la possibilità di svagarsi con i loro coetanei dell'altro sesso, e non avevano mai avuto l'opportunità di organizzare le feste danzanti durante le quali avrebbero potuto intessere i primi fili di un rapporto sentimentale. Il ballo veniva considerato il veicolo del demonio che s'infiltrava subdolamente nelle giovani anime degli adolescenti.

Era inaudito ai loro tempi, durante qualche sporadico ballo in occasione di un matrimonio, che un ragazzo stringesse a sé la sua damigella. Dio ne sarebbe rimasto terribilmente offeso!

Inoltre, tra la vecchia generazione, si era rafforzato il convincimento che Betty se l'intendesse con il demonio.

Di notte con Tommy e di giorno alla ricerca costante di Jürgen, per rivolgergli anche solo per un attimo uno sguardo languido pieno d'amore.

E per ultimo si soffermavano sugli avvenimenti intercorsi durante e dopo il battesimo di François.

Tutti ne parlavano.

Qualcuno aveva assistito stupefatto a quel tambureggiare violento sulla porta d'ingresso della casa di Tommy, il permanere di Jürgen in quella casa, l'uscita di Betty che rincorreva il cognato per manifestargli il suo amore, ed in ultimo la visita alla capanna, l'incontro con la sua schiava amante e l'abbraccio fra le due donne.

Stephanides Orange, preoccupato per il comportamento della figlia, l'aveva tenuta d'occhio durante tutta la serata.

Quando Betty si ritirò nella sua casa, col bambino in braccio, per non assistere al ballo di Jürgen con la sua schiava, la seguì a distanza senza farsi vedere.

Osservò con amarezza tutto quello che era avvenuto, ma rimase ancora dubbioso sul comportamento della figlia.

Quando sentì invece, dalla sua viva voce disperata l'invocazione rivolta a Jürgen di non partire, che lo amava e che non poteva vivere senza la sua presenza, si lasciò trasportare dall'ira.

Se avesse avuto in quel momento una pistola, non avrebbe esitato a far fuoco contro di lei, magari non uccidendola, ma per salvare il suo recondito senso dell'onore, visto che suo marito Tommy aveva gli occhi chiusi nei riguardi del fratello.

In ogni modo Stephanides, aspettando l'uscita dalla capanna di Jürgen, dove Betty aveva abbracciato Khianua, si calmò alquanto per affrontare la figlia.

Appena la incontrò le rivolse una violenta reprimenda nello spirito dell'intransigenza calvinista.

Betty fu anch'essa violenta nei confronti del padre:

«Non ho alcuna voglia di sentire le tue prediche. Appartengo a Tommy, solo a Tommy, non l'ho mai tradito, se questo è il tuo cruccio, ma nessuno può sindacare i miei sentimenti di puro affetto verso altre persone.

Ora calmati, hai saputo quello che volevi sapere. Sono sconvolta, questo lo so, ma non posso farci niente.

Addio papà, farò in modo che tu non possa più vergognarti di me».

Betty trascorse una notte d'inferno. Si svegliava invocando - Jürgen, Jürgen! - e Tommy, poverino, svegliatosi di soprassalto:

«Cosa hai Betty? Calmati, Jürgen è adulto ormai. Saprà provvedere a se stesso».

Quando invece nel sonno gridava Khianua, perfida Khianua, Tommy ancora assonnato mormorava:

«Chi è costei? La conosco Betty?» e senza aspettare risposta si girava dall'altra parte.

La sera seguente alla notte insonne, Betty col suo fare autoritario, nella foga di parlare, pronunciò un mare di parole come se le cascate di Kalkfonteindam fossero cadute sulla testa di Tommy.

«Cosa hai detto?

Non ho capito una sola parola.

Sei ancora agitata come stanotte?

Suvvia, calmati e dimmi quello che vuoi».

«Ti chiedo un sacrificio, Tommy, andiamo via da qui, e subito».

«Cosa?

Che ti salta in mente stavolta!

Ma come, non è ancora un anno che siamo qui e tu vuoi abbandonare tutto ciò che abbiamo costruito per andare poi … ma dove?

In questa casa è nato nostro figlio, l'ho costruita con tanto amore, il nostro podere si è rivelato fecondo, abbiamo già assaggiato i frutti di questa terra, ed ora di punto in bianco vuoi lasciare il tutto alle ostriche?

Ti ha dato di volta il cervello?

Forse hai preso troppo sole, devi stare più rincasata!»

«Mi vuoi bene Tommy? - riprese a dire Betty - Vuoi che stia bene in salute?

Vuoi che non diventi pazza in questo villaggio obbrobrioso dove hanno sempre da dire sulle altre persone e mai che si esprimono sulla loro condotta?

Tu forse non lo sai. Hanno detto finanche che i miei balli con Jürgen sono opera del diavolo!

No Tommy, non voglio che mio figlio viva in questo ambiente.

Ora, te lo ripeto, se mi vuoi veramente bene portami fuori da qui».

La discussione pareva non finisse mai nei giorni successivi, si rincorrevano argomentazioni contro altre argomentazioni sempre più sottili, e ad un certo momento Tommy non ne poté più.

«E sia - concluse - raccogliamo dai nostri campi tutto quello che possiamo portare, spero però che questo sia l'ultimo viaggio e, dove ci stabiliremo, non ci muoveremo mai più».

Dopo circa un mese da queste decisioni, Tommy, Betty, il loro figliuolo chiamato François e Khianua, a bordo del carro e seguita dalla propria mandria, ripercorsero quasi la stessa strada di andata per raggiungere Koffiefontein.

Giunto però in vista delle colline che lo avevano visto crescere, Tommy, nella stessa misura di come si era già verificato nei sentimenti di Jürgen, sentì impellente il bisogno di salutare la sua famiglia e far conoscere ai propri genitori il loro nipotino.

L'accoglienza fu ancora più allegra e commovente di quella riservata a Jürgen, e il motivo era ben evidente.

Anche se Tommy si comportava in modo molto compassato, senza mai esprimere con libertà i propri sentimenti, la festa che gli si attribuiva e l'allegria che suscitava per la presenza della sua famigliola erano veramente alle stelle.

Il più festeggiato era il piccolo François.

Tutti cercavano di coccolarlo, prenderlo in braccio, fargli le carezze per farlo sorridere; tutto questo gran daffare attorno a Betty e Tommy sovrastava meritoriamente quella del fratello Jürgen, sebbene quest'ultimo si fosse mostrato più affettuoso, anche se un poco stravagante, ma molto brioso.

François Duplessis disse subito che Jürgen era appena partito l'altra mattina per raggiungere le carovane di Pretorius, di Retief e altri capi ardimentosi che si erano dati appuntamento alle pendici dei Monti Aux Sources.

A Betty si spalancarono gli occhi e, prendendo la palla al balzo, disse: «Anche noi, caro padre, siamo diretti in quel luogo. È vero, Tommy?»

Lui la guardò di traverso, impallidì, poi rispose: «Sì, è così papà. Rivedremo senz'altro Jürgen.

Capitolo XII

La nuova destinazione.

La carovana di Retief alle prime luci del mattino si mosse per continuare la sua ultima marcia verso la pianura all'interno della Natal che credeva semideserta.

Retief pensava che gli Zulu risiedessero nella stragrande maggioranza sugli altipiani e quindi le mandrie dei Boeri avrebbero potuto pascolare nei prati della pianura, senza sottrarre il nutrimento al loro bestiame. Fu un'autentica sorpresa che venisse attaccato dai guerrieri indigeni.

Ormai i conduttori dei carri erano abituati alla difesa.

Al primo segnale della presenza di indigeni armati di lance e frecce, si disponevano in cerchio con i loro carri racchiudendo al centro le mandrie.

Costituita questa muraglia di carri, i Boeri si allineavano lungo le relative spalliere con le loro armi da fuoco. Dietro di loro si disponevano gli schiavi che avevano imparato a caricare i fucili con rapidità.

Gli Zulu ad ogni attacco perdevano decine e decine di guerrieri, ma qualche volta riuscivano a colpire i Boeri con le loro frecce da lontano. Altre volte, nell'assaltare la carovana, con le lance ben strette nelle loro mani, gli indigeni riuscivano a scavalcare i carri in una lotta corpo a corpo. Ma quelli che arrivavano a compiere quest'impresa erano talmente esigui che venivano facilmente abbattuti o fatti prigionieri.

Dopodiché gli Zulu, viste le enormi perdite subite, si disperdevano fuggendo come lepri.

Infatti, Retief, nei quattro attacchi subiti, oltre a respingerli aveva catturato numerosi guerrieri.

****

Tommy Duplessis, con la sua famiglia, raggiunse Retief dopo l'ultimo attacco degli Zulu.

Ora che Retief aveva raggiunto la terra promessa, ci si domandava in che modo le fattorie dovessero essere difese dagli assalti degli indigeni, dato che queste, per ragioni vitali di spazio, dovevano essere edificate una lontana dalle altre.

Intanto Retief, dopo aver ringraziato Dio d'averlo fatto giungere nella terra promessa, divise i terreni secondo le necessità di ognuno, ma questa volta uno vicino all'altro alla distanza però di un tiro di schioppo, in modo che in caso di pericolo di un attacco si potesse preparare un piano di difesa comune.

A questo punto Retief pensò di stipulare la pace col re degli Zulu, Dingaan, per essere sicuro di non subire in avvenire atti di guerra da parte dei suoi guerrieri.

Era disposto ad addivenire ad un accordo con Dingaan a tutti i costi.

Radunò i prigionieri e disse loro in afrikaans: «Noi non siamo sanguinari, non uccidiamo se non ci attaccano. Vogliamo vivere in pace con i nostri vicini su questa terra che abbiamo occupato.

Andate, vi lascio liberi, raggiungete il vostro re Dingaan e ditegli che desidero trattare con lui per dividerci il territorio.

In cambio vi diamo protezione e assistenza nel coltivare i vostri campi e renderli più produttivi».

Dopo un paio di mesi gli Zulu fecero sapere che il re Dingaan lo aspettava nel suo kraal e soltanto lì potevano accordarsi e concludere la pace. Retief voleva andare da solo, ma i suoi compagni si opposero.

«Non ti lasceremo solo nella tana del lupo, abbiamo deciso di accompagnarti».

Si stabilì che ogni capofamiglia, o un suo componente, dovesse far da scorta a Retief. Così settanta uomini erano pronti per quel convegno. Di questo squadrone fece parte anche Tommy Duplessis, che aveva ricevuto il suo lotto di terreno ed aveva già costruito la sua abitazione.

Lo squadrone dei Boeri seguì la guida degli Zulu per tutta la mattinata, risalendo i monti dei Draghi senza incontrare alcun intoppo. Finalmente intravidero su una collina, dalle pendici coperte di alberi, dalla terra fertile su cui crescevano vari tipi di cereali e buoni pascoli, un villaggio composto da una moltitudine di capanne circolari costruite a forma di arnia. E ciò per salvaguardarsi dagli attacchi delle belve. Le più vistose capanne venivano chiamate kraal ed erano circondate da alte siepi. Si entrava in queste attraverso un'apertura praticata nella siepe, detta dagli indigeni *isango*, e all'interno del recinto vi erano degli spazi ove ognuno custodiva i propri buoi e gli altri animali.

Retief e i suoi entrarono nel villaggio e, dopo aver superato una cinquantina di capanne, apparve loro il grande kraal del re Dingaan.

Retief notò che nel villaggio non vi erano persone né guerrieri e ciò lo insospettì. Arrivò a pensare che Dingaan avesse concepito un piano per dividere le forze dei Boeri facendolo arrivare lassù con metà delle sue forze, in modo che potesse agevolmente massacrare, con tutto il suo esercito, i coloni stabilizzatisi in pianura.

Retief dette disposizione che soltanto cinque persone, le più anziane, entrassero con lui per conversare col capo tribù, mentre gli altri stessero ben attenti a non cadere in un'imboscata.

Davanti al grande kraal sbucò dalla piccola apertura semicircolare un dignitario del re, invitando Retief a seguirlo. I cinque uomini, dopo che scesero dai loro cavalli, attraversarono il corridoio circolare attorno alla capanna e vi entrarono.

Dingaan se ne stava seduto nel bel mezzo della sua regale abitazione. Tutt'intorno al re vi erano almeno duecento guerrieri agghindati con ornamenti di vari colori e da ciuffi di piume variopinte, armati di lance e con le frecce nei propri archi pronte ad essere scoccate.

Forse Retief fece lo sbaglio di non ingraziarsi il re presentandogli dei regali vistosi, e di comparirgli davanti insieme ai suoi compagni, spavaldi, tutti armati, troppo fieri e decisi a non sgombrare il territorio che avevano occupato, sul quale gli Zulu conducevano le loro bestie a pascolare durante l'inverno.

Oppure il re aveva intimato a Retief di ritirarsi a nord, oltre il fiume Vaal, ottenendone un rifiuto.

Inoltre Retief aveva commesso l'imprudenza di entrare nel villaggio di Dingaan con una scorta armata di ben settanta uomini.

Secondo la psicologia degli indigeni era chiaro che i Boeri volessero dettare le loro condizioni da un punto di vista di superiorità dovuto al loro armamento.

Fatto sta che, a un segnale del re, duecento frecce colpirono Retief e i suoi compagni. Alcuni di loro ebbero appena il tempo di estrarre le pistole e sparare qualche colpo, prima che cadessero esanimi ai piedi del re.

Fuori dal grande kraal, ai primi spari, comparvero migliaia di Zulu che si erano nascosti nelle capanne, e fu facile a questi guerrieri, evidentemente sul piede di guerra, circondare i Boeri riversando su di loro una pioggia di frecce.

Dopo aver saettato con i loro archi, gli Zulu misero mano alle lance avventandosi su di loro e infilzando quante più persone poterono.

I Boeri si difesero sparando con le loro pistole ma, essendo tutti uniti intrappolati fra una serie di capanne, con i cavalli che si imbizzarrivano, non ebbero modo di organizzare alcuna protezione e dopo una strenua battaglia caddero vittime degli Zulu.

L'agguato era stato preparato nei minimi dettagli.

Uno solo riuscì a fuggire perché il suo cavallo, spaventato dagli spari, prese la rincorsa saltando il recinto del villaggio, dandosi a precipitosa fuga.

La prima vittima a cadere sotto le frecce degli Zulu era stato il cavallo di Tommy; al primo sparo s'impennò sulle due zampe posteriori, proteggendo il proprio cavaliere dalle micidiali frecce. Colpito in più parti, il cavallo disarcionò Tommy, abbattendosi accanto a lui; egli ebbe l'intuito di ripararsi contro la sua carcassa, ma subito dopo fu investito da due, tre corpi dei compagni uccisi, tanto da rimanere seppellito e tramortito.

Su di lui caddero ancora altri corpi, e dopo breve tempo tutti i Boeri furono uccisi.

Era il 7 novembre del 1838.

****

Gli Zulu, assicuratesi d'aver massacrato tutti i Boeri, incominciarono a dedicarsi ai loro feriti e ai preparativi per commemorare i propri guerrieri deceduti.

Gli indigeni si erano riuniti nelle varie capanne per vegliare i loro morti e portare ai familiari il loro conforto. Si udivano dovunque i lamenti e le urla delle donne.

Tommy rinvenne dopo qualche tempo e, resosi conto delle condizioni in cui si trovava, ebbe la dovuta calma e lucidità di sottrarsi dal cumulo di cadaveri e trascinarsi carponi, poco alla volta, in un kraal che sembrava disabitato.

Invece vi era colà un bambino, ferito alla spalla da una pallottola vagante.

Evidentemente la madre, dopo averlo medicato con erbe medicinali, lo aveva posto sulla stuoia e, dopo che il bimbo s'era addormentato, era andata a cercare lo stregone per farlo visitare.

Ogni tanto il bambino si svegliava gridando, ancora spaventato dal riecheggiare dei colpi di pistola. Era tutto rannicchiato, tremando ancora di paura. Tommy pensò di prenderlo in braccio come ostaggio.

«Avranno, spero, il buon senso d'astenersi dal lanciare le loro maledette frecce».

Il bambino non si spaventò ulteriormente, anzi sembrava divertito di toccare un viso bianco e tirare con le sue manine i biondi capelli che non aveva mai visto.

Entrò nella capanna la madre per assicurarsi che il bimbo dormisse.

Emise un debole grido per lo spavento vedendo il proprio figlio trattenuto nelle braccia dell'uomo bianco. Rimase impalata, tremante per la paura di ciò che potesse fare lo straniero con la pistola puntata contro di lei.

Dai suoi occhi si capiva l'implorazione muta, tragica, di non far del male, di non uccidere suo figlio per vendetta.

Questo stato di tensione si era trasmesso al piccolo che, accortosi dell'arrivo della madre, s'era rivolto verso di lei nel tentativo di passare nelle sue braccia.

Tommy invece lo tenne ben stretto al suo petto e questa stretta provocò gli strilli e il piagnucolio del piccolo. Tommy questa volta si sedette sul pavimento e fece capire alla donna, parlando in afrikaans, di fare altrettanto.

Lei comprese e si sedette.

Poi Tommy, tratto dalla camicia il suo piffero, incominciò a suonare con un filo di fiato una dolce ninna nanna.

Il bambino si acquietò, sorrise alla propria madre, mettendosi in posizione supina per riaddormentarsi.

La donna ormai, rassicurata dal fatto che Tommy era ben lungi dallo sfogare la sua rabbia su di loro, e che la sua pistola giaceva a terra, riprese la sua calma e con un dito tracciò un segno di croce sul pavimento.

«Il Cristianesimo è arrivato fino a loro? - pensò Tommy - Possibile? Meglio così. Certamente lei fa parte della tribù degli Ottentotti fra i quali vi sono molti cristiani. Inoltre possiede le caratteristiche somatiche di quella tribù. Se così fosse, quel segnale vuol dire pace e fratellanza».

Tommy continuò a suonare la ninna nanna fino a quando il bimbo si riaddormentò. Poi tracciò a sua volta a terra il segno della croce. L'uomo e la donna si guardarono negli occhi che si velarono di mestizia, perché ognuno di loro non sapeva come comportarsi con l'altro, ancora dominati da uno stato emotivo provocato dall'insicurezza, dallo smarrimento e dall'ansia di fronte al pericolo che, ora, cominciava a diradarsi, subentrando nella loro anima un'improvvisa attrazione. Si era verificato come se un uomo ed una donna, militanti in eserciti contrapposti in guerra fra loro, si fossero riconosciuti d'improvviso come fratello e sorella.

In Tommy e nell'indigena vi era la volontà di una reciproca consapevolezza di attuare un piano per la sopravvivenza di entrambi. In quello sguardo così prolungato si percepiva il desiderio di leggere nell'animo dell'altro se albergasse amore o odio. Ed allora, senza parlarsi, le due mani, una bianca e l'altra nera, lentamente, come se facessero uno sforzo enorme, si congiunsero con i polpastrelli come se volessero sancire un'amicizia spirituale.

Tommy rimase impressionato dall'agire dell'indigena per la sua predisposizione benevole nei suoi riguardi.

Il suo volto gli sembrava d'averlo già visto quand'era fanciullo fra le mura domestiche, devota alla sua famiglia e lieta di muoversi a suo agio nell'eseguire il suo lavoro. Ma non poteva essere perché la ragazza che le stava seduta davanti dimostrava molti anni meno di lui.

Tommy fu distratto da questi pensieri quando la ragazza, forzandosi di parlare in afrikaans, che conosceva appena, in uso fra padroni e servi, fece segno a Tommy di spogliarsi dei propri vestiti e di indossare l'abbigliamento di suo marito, che appeso alla parete della capanna faceva bella mostra per i suoi sfolgoranti colori.

Tommy, senza volerlo, era andato a finire nel kraal della concubina di Dingaan, Mioka, per la quale aveva un debole e stravedeva per il suo ultimo figlio. Era stata lei a metterlo a corrente dell'incidente capitato al loro bambino.

Alla notizia che il figlio era stato ferito voleva correre subito da lui. Ma non poteva. Quale capo tribù, o re per dir si voglia, doveva prima assistere i feriti e dare il proprio conforto ai familiari dei guerrieri deceduti. Dingaan dopo aver esplicato le sue funzioni si recò nella capanna della concubina, ma prima di raggiungerla aveva sentito i gridolini di gioia del suo bambino.

Accelerando il passo entrò nella capanna, e quale fu la sua sorpresa nel vedere un uomo bianco, vestito con i paramenti di un capo guerriero, seduto a terra, che cercava d'insegnare al figlioletto musiche campestri.

Mioka era inginocchiata davanti a lui in atto d'adorazione.

Il re restò frastornato, stordito, confuso, privo di lucidità e di prontezza mentale. Col vuoto nel cervello si ritrasse dalla soglia della capanna. Il suo intelletto poi reagì, uscì dall'oscurità. Per rendersi meglio conto di quello che aveva visto, sbirciò dall'imbocco della capanna per accertarsi che quello che aveva visto non fosse una sua visione.

Dingaan, nella sua mente raffigurava i Boeri con gli abiti dello stesso colore tendenti al chiaro e con le armi sempre in pugno. Ora invece s'accorse che quell'uomo bianco non solo non era armato ma indossava il glorioso costume variopinto dei suoi avi.

Allora ritornando in se stesso Dingaan ravvisava in quell'uomo lo spirito del grande re Ciaka, venerato da tutti come un Dio.

Del resto la loro religione consisteva nel culto di spiriti ancestrali e Dingaan era fedele al Dio Umkulumkulu, al tempo stesso primo uomo e creatore di tutto.

Era convinto che un antenato defunto, di grande valore, potesse divenire un umkulumkulu di second'ordine e potesse apparire sotto forma di uomo pallido dopo una battaglia, recando con sé strumenti musicali per alleviare le pene dei sopravissuti.

Dingaan si convinse subito che lo spirito di Ciaka era disceso nel suo kraal, quello che evidentemente amava più di tutti gli altri, per confortarlo delle perdite dei suoi guerrieri e che s'intratteneva con suo figlio per tranquillizzarlo e guarirlo dalla ferita.

Ancora una volta entrò nel suo kraal, ma questa volta per prosternarsi all'uomo bianco e gridare:

«Grande re, grande Ciaka, ti ringrazio per avermi onorato della tua visita. Infondimi, ti prego, il tuo valore e la tua saggezza; ed ora che sei qui non abbandonarmi mai più. Fuori da questa capanna metterò una scorta dei miei migliori guerrieri pronti a soddisfare ogni tua esigenza. Ora che mi hai dato la tua approvazione per il massacro che ho compiuto, mi adopererò per un'altra battaglia, per scacciare da questa terra, una volta conquistata da te, tutti gli stranieri. Dammi, ti prego, il coraggio e la forza di sterminare i nemici del tuo popolo».

Tommy intanto fremeva per la presenza di Dingaan. Non aveva capito una sola parola di quanto aveva detto il capo tribù, gli venne istintivo piegare leggermente la testa in atto d'assenso e con la mano destra indicargli l'uscita della capanna.

Dingaan era raggiante. Aveva ottenuto l'approvazione di Ciaka, anzi lui stesso gli aveva indicato, con la sua mano destra, *la sacrosante mano destra*, la strada da percorrere già intrapresa, ma non ancora compiuta. Doveva scendere a valle e ricacciare i familiari dei Boeri, massacrati nel suo villaggio, fuori dal territorio che a suo tempo aveva conquistato Ciaka. Pertanto bisognava agire subito prima che arrivassero altri coloni a ingrossare il numero dei suoi nemici.

Quindi Dingaan, appena uscito dal Kraal della sua concubina, infervorato com'era, chiamò a raccolta i guerrieri e giù di corsa ad esaudire la volontà di Ciaka.

Intanto in pianura i Boeri, informati dall'unico sopravissuto alla strage dell'imboscata tesa ai loro familiari, e prevedendo la prossima incursione degli Zulu, si posero sollecitamente a costruire sbarramenti di difesa collegando in tal modo le abitazioni da formare un solido quadrilatero difensivo, difficile da espugnare.

Dingaan era partito con i pochi uomini rimastegli per sterminare i Boeri ancora attestati nella valle, credendo d'aver eliminato il grosso dell'esercito nemico.

S'accorse a sue spese che per ottenere la vittoria doveva reclutare un esercito quanto più numeroso possibile. Visto che il suo attacco si concluse in una pesante sconfitta, con la perdita di decine di morti e moltissimi feriti decise, senza più ritornare al suo kraal, di recarsi presso gli altri capi tribù sparsi sul territorio, per convincerli a costituire un numeroso esercito, per ingaggiare la battaglia definitiva contro gli intrusi nel proprio territorio.

Dingaan si presentò come il discendente del gran re Ciaka, il cui spirito era apparso nel suo kraal, per incitarlo a continuare i suoi attacchi contro il comune nemico, e per lodarlo per aver annientato il poderoso esercito di Retief. Ma Ciaka - continuava a raccontare Dingaan - non era ancora soddisfatto dei risultati conseguiti e pertanto gli aveva ordinato di ingaggiare la battaglia finale contro il villaggio fortificato degli ultimi Boeri, assicurandogli la vittoria.

Anche tutti gli altri guerrieri, al seguito del loro re, raggiunsero le più lontane tribù per indurre quanti più Zulu a radunarsi, in un giorno e in un luogo prestabilito, per dare battaglia all'uomo bianco e sterminare tutti gli stranieri ubicati nella Natal.

Dingaan riuscì in tal modo a formare un esercito di ben dodicimila guerrieri.

Durante questo periodo di preparazione per la prossima battaglia fra le parti avverse, Tommy, vestito come bellicoso Zulu, se ne stava ben appartato nel kraal della concubina del re, cercando di non mostrarsi agli altri.

Quand'anche Tommy avesse usato molto discrezione, la notizia che Ciaka era presente fra loro si sparse nel villaggio, ove rimasero le donne, i vecchi e i bambini.

Allora si verificò un fatto strano ed imprevedibile.

Ogni donna che aveva un bambino lo presentava al cospetto del finto Ciaka perché potesse essere preservato in avvenire da possibili incantesimi malefici. L'affluenza al kraal era tale che i guerrieri, messi al servizio del finto Ciaka da Dingaan, ne dovettero disciplinare l'accesso. Tommy così, col concorso di Mioka, imparò l'arte dello stregone, e lo fece tanto bene che più di un bambino, affetto da qualche male, improvvisamente guariva.

Tommy usciva dal kraal a notte inoltrata per sgranchirsi le gambe. Poi quando rientrava chiedeva a Mioka cosa stesse facendo il re Dingaan.

Lei, all'ennesima domanda, dovette confessargli che il villaggio, da dove era partito con i suoi compagni, era stato messo a ferro e a fuoco e che nessuno dei suoi abitanti si era salvato dalla furia degli Zulu.

Questo l'era stato riferito da alcuni guerrieri che, feriti nello scontro con i Boeri, erano ritornati sanguinanti nei loro kraal prima della fine della battaglia.

Tommy inorridì alla funesta notizia.

Si irrigidì, non riuscì a portare alle labbra neanche un boccone della pietanza che gli aveva preparato Mioka.

Lo stomaco gli si chiuse e quando cercò di dissetarsi ributtò l'acqua ingoiata. Poi per non mostrare le sue lacrime si pose sul giaciglio, desideroso di dormire.

Improvvisamente scoppiò a piangere. Allora Mioka si avvicinò bagnandogli le labbra arse con un panno umido, poi lo lasciò sulla sua fronte per procurargli un sollievo di freschezza. Alfine Tommy s'addormentò.

Durante la notte ebbe gli incubi gridando: «Betty, François, dove siete? - e poi ancora - Hai visto Betty! La tua testardaggine ha ucciso anche nostro figlio».

Svegliandosi del tutto incominciò a piangere a dirotto.

Mioka allora si coricò al suo fianco, stese il braccio per asciugargli le guance irrorate di lacrime; al contatto fremette, subentrò l'attrazione verso l'uomo bianco, così differente da Dingaan dalla pelle ruvida e dal viso crudele. S'accostò di più al petto nudo di Tommy, in modo che lui potesse avvertire il battito furioso del suo cuore e la morbidezza dei suoi seni. Tommy si riscosse dalla sua afflizione, l'abbracciò, furono tutt'uno e s'addormentò di nuovo posando la sua guancia sul suo petto, come un bambino, dopo essersi soddisfatto del latte materno.

Capitolo XIII

La vendetta dei Boeri.

La notizia dell'eccidio effettuato da Dingaan si sparse fra i Boeri come il vento. Settanta uomini erano stati uccisi lasciando lutti in settanta famiglie.

Questa strage non doveva rimanere impunita.

Pretorius pianse alla notizia della morte del suo amico Retief e dei settanta Boeri morti nell'agguato.

Giurò vendetta.

Dall'altra parte Dingaan, confortato dall'apparizione dello spirito del grande re Ciaka, voleva ripeterne le gesta.

Gli Zulu glorificavano Ciaka per aver condotto il suo popolo dalla parte orientale dell'Africa equatoriale all'attuale sede nella Natal, scacciando gli Ottentotti davanti a sé.

Tale marcia fu arrestata dai Monti dei Draghi, al confine occidentale, pertanto dovettero stabilirsi nel territorio compreso a nord dalla baia di S. Lucia e a sud dalla foce del Tugela.

Ciaka aveva saputo amalgamare le varie tribù vinte in più battaglie, stabilendo che tutti i popoli soggetti fossero divisi in clan organizzati su base patrilineare.

Pretorius dispose di fermare i carri diretti alla Transvaal per dirottarli verso la Natal.

Jürgen, che aveva saputo della strage dei *settanta*, fra cui aveva trovato la morte suo fratello, dopo d'aver abbandonato le due sorelle ninfomani, si mise a disposizione di Pretorius.

Gli Zulu a guardia del loro territorio s'avvidero della marcia forzata di una nuova numerosissima carovana avvisando tempestivamente Dingaan.

Il re preparò il suo esercito per affrontare questa volta, in campo aperto, i Boeri di Pretorius con ben dodicimila guerrieri.

Era sicuro della vittoria.

Lo spirito di Ciaka era con lui e gli stranieri sarebbero stati trucidati.

La battaglia divampata il mattino del 16 dicembre 1838, un mese dopo l'eccidio dei Boeri, si concluse con la vittoria di Pretorius che con soli 450 Boeri sconfisse Dingaan costringendolo alla fuga.

In questa battaglia rifulsero le gesta di Jürgen.

Al sopraggiungere degli Zulu replicò la prodezza di Betty Orange che aveva compiuto contro i Basuto.

Aveva trasformato un carro in una casupola mobile, armata sulle fiancate da innumerevoli falcioni col taglio rivolti orizzontalmente verso la direzione di marcia.

Solo, su questo carro, armato e trainato da una pariglia di quattro cavalli, tutti coperti da una manta di cuoio, si lanciò contro il nemico, che minacciava l'ala sinistra dell'esercito di Pretorius, scombinandone la compattezza, seminando morte ma più che altro facendo crollare in loro la sicurezza della vittoria.

E poi, davanti a quella macchina infernale che seminava morte, nell'animo degli Zulu riaffiorò l'istinto della sopravvivenza, la paura ed infine la fuga, disordinata, prorompente, che travolse i compagni della retroguardia. Gli Zulù che sopravvissero si sbandarono in tutte le direzioni. Alla fine della battaglia Dingaan non aveva più il suo potente esercito.

Allora Pretorius, per incidere più profondamente sulla vendetta, ordinò ai suoi di inseguire gli Zulù con i carri fino ai loro kraal per raderli al suolo appiccando ovunque il fuoco, dalle capanne ai recinti degli animali ed ai loro raccolti, e di razziare le loro bestie.

Solo così si poteva ottenere la soddisfazione di dire che giustizia era stata fatta.

Dingaan di colpo aveva perduto autorità e prestigio, era stato lasciato solo, non aveva neanche un guerriero al suo fianco. Allora dubitò della potenza dello spirito del grande Ciaka.

Incominciò a desumere:

«Se il mio bellicoso esercito non è stato capace di sopraffare poche centinaia di Boeri, ciò vuol dire che l'uomo nel mio kraal è un impostore.

E se fosse uno di quei Boeri sopravvissuti alla strage?

In questo caso vuol dire che la mia concubina ha aiutato quell'uomo, che tuttavia ha avuto il merito di essersi prodigato di far ridere il mio bambino ferito nell'agguato.

La soluzione che mi si presenta è quella di far trafiggere con una lancia Ciaka; se non dovesse uscire sangue e non dovesse cadere esanime, vuol dire che lui è effettivamente il suo spirito. Viceversa vuol dire che è un impostore, nel qual caso è giusto che muoia».

Così Dingaan, sfuggendo continuamente alle ricerche dei Boeri, ordinava gridando ai suoi guerrieri che scappavano: «Trafiggete con rispetto il corpo di Ciaka, se non muore onoratelo col sacrificio della vostra vita».

Ciò voleva dire che se Ciaka fosse stato veramente uno spirito, chi l'avesse trafitto avrebbe dovuto poi rivolgere la medesima arma contro se stesso, per aver osato cotanto oltraggio.

Mioka, la concubina di Dingaan, udendo i colpi d'arma da fuoco s'affacciò dal suo kraal.

I guerrieri atterriti fuggivano come lepri desiderosi di mettere in salvo i propri familiari e il bestiame.

A tutti domandava dov'era Dingaan.

Alcuni presi dal terrore non rispondevano.

Altri: «È morto, è morto».

Oppure: «È scappato, ma non sappiamo dove».

Uno di loro disse a Mioka:

«Tieni questa lancia e trafiggi lo spirito di Ciaka. Bisogna eseguire l'ordine del re».

Mioka aveva visto ai piedi della collina bruciare tutte le capanne e massacrare senza distinzione d'età e sesso tutti quelli che erano a portata di mano dei Boeri, pensò subito a suo figlio.

Rientrò nella capanna e, messasi in ginocchio davanti a Tommy, lo supplicò, con le poche parole in afrikaans, di aiutarla a mettere in salvo il bambino.

Tommy era felice di rientrare tra i suoi, l'aveva tanto sperato in quest'ultimi tempi di dorata prigionia. Ma non poté esimersi dall'accontentare la sua salvatrice.

Prese con sé solo la pistola.

Com'era vestito sembrava davvero un guerriero Zulu, e con Mioka che aveva ancora la lancia nelle mani, uscì dal kraal.

Tommy pensò d'andare incontro ai suoi compatrioti non molto lontani, e credé di fare lo spiritoso farsi vedere così agghindato, ma al primo segno di saluto fatto col braccio, si vide rispondere con una gragnola di colpi di fucile.

Non gli rimase altro che allontanarsi aspettando altrove la fine di quella carneficina che non approvava.

«Perché prendersela con gli abitanti dei vari kraal composti da fanciulli, vecchi e donne?

Possibile che io debba fuggire davanti alla miopia dei miei compagni d'arme?»

Mioka conosceva un posto sicuro.

La grande laguna di Santa Lucia, ove la famiglia di suo padre abitava su una palafitta e i suoi pescavano abbastanza anguille da sopravvivere senza troppe difficoltà.

Era facile arrivarci costeggiando il fiume Umfolozi.

Tommy accompagnò Mioka col suo bambino abbastanza lontano dagli scontri. Accertatesi della sicurezza da eventuali attacchi dei suoi compagni Boeri, si apprestò a salutare la concubina di Dingaan: «Grazie Mioka. Grazie per avermi salvato la vita. Sono stato bene con te. Hai avuto il merito di riuscire col tuo amore ad attenuare, sì attenuare il mio dolore, ma non a farmelo dimenticare.

Mi rammarico soltanto che tu hai dato tutto quello che potevi donarmi, mentre io ti ho causato soltanto paura, paura di essere scoperta col rischio della tua vita. Addio Mioka».

«Dove vai, padron Tommy?

Stammi vicino, ti prego. Non vedi che sei ancora sconvolto per la perdita della tua famiglia?

Laggiù, nella pace della laguna, potrai decidere con calma quello che poi vorrai fare».

«Mi dispiace Mioka, io sono un uomo bianco, non vedi la differenza del colore?

Tu sei stata la schiava di Dingaan e non puoi rimanere con me. Lui ti cercherà senz'altro; spero che non ti troverà.

Non ti resta che nasconderti.

Io vado a raggiungere la mia gente. Addio».

«Padron Tommy!»

«Cosa c'è ancora!»

«Niente, niente padrone. Scusami se ti ho disturbato».

Mentre Tommy si voltava per andare incontro ai suoi compagni, ecco sopraggiungere di corsa un guerriero che gli lanciò la sua lancia squarciandogli il fianco sinistro.

Il selvaggio, vedendo il sangue colargli lungo la gamba, riprese la lancia per finire il finto Ciaka, ma Tommy questa volta pose mano alla pistola e fece fuoco contro l'irriducibile guerriero.

Era la prima volta che uccideva.

Mioka ritornò subito sui suoi passi cercando d'arrestare l'emorragia, poi sostenendolo discesero piano, piano verso le sponde dell'Umfolozi.

Ad un dato momento Tommy s'accasciò e a Mioka non rimase altro da fare che adagiarlo sull'erba e correre col figlio in braccio in cerca d'aiuto.

Mioka arrivò trafilata alla casa del padre gridando:

«Padre, madre, aiutatemi vi prego».

«Mioka!

Cara Mioka, ti vediamo spaventata, dicci subito cosa dobbiamo fare».

La loro attenzione fu distolta dal figlioletto, che con le braccina avvolte al collo della madre, guardava i nonni sottocchio con curiosità.

«Che bel bambino, ma guarda com'è affettuoso».

A queste parole calorose pronunciate con il sorriso sulle labbra, il piccolo svincolandosi dalla madre fece l'atto di gettarsi nelle loro braccia.

«Ma sì, sì, ti prendo in braccio - proruppe commossa la nonna entusiasta per quella genuina manifestazione d'affetto - come sei pesante!

Quanti anni hai?»

Il bambino spalancò la mano destra con le dita ben dritte.

Mioka, ancora affannata, riprese a dire:

«Come state, miei cari?

I miei fratelli dove sono?

State tranquilli, non ho mai detto a Dingaan dove avete la vostra capanna».

«Perché sei qui? Sei scappata? Nessuno ti ha seguito?»

«Ma no, no, potete stare sicuri, i guerrieri di Dingaan sono tutti morti e i loro kraal date alle fiamme.

Non so nemmeno se il re sia vivo oppure morto.

Ma ora vi debbo chiedere un gran favore. L'uomo che mi ha protetta è ferito, ha bisogno d'aiuto, si è accasciato a terra. Se non lo curiamo morirà di certo».

«E tu vorresti che salvassi uno Zulu? - disse sdegnato, Hukanka, il padre di Mioka - Ma neanche per sogno!

Io li odio».

«Non è un selvaggio ma un uomo bianco!»

«Peggio ancora! - riprese a dire con determinazione - »

«No, Hukanka - intervenne sua moglie, - noi siamo in debito con gli uomini bianchi, non ti ricordi?

Ci hanno dato la libertà, i viveri per un mese e la mucca bianca. Noi siamo cristiani e come ho curato te, curerò il nuovo padrone di Mioka. A quanto ho potuto capire rischia di morire, dobbiamo affrettarci allora, chiama i tuoi figli, - rispose perentoriamente Kaidda, la madre di Mioka - prepariamo una barella e la mucca per trascinarla.

Intanto che tu prepari l'occorrente, io, Mioka e il piccolo Hiota ti precediamo per apportargli i primi soccorsi. Aspetta mia piccola, prendo la borsa delle mie erbe magiche. Ecco ora possiamo andare».

Giunti sul posto ritrovarono Tommy in un lago di sangue. Kaidda emise un urlo di dolore, si portò le mani al viso, mentre la borsa le cadde dalle mani.

Avvicinandosi al ferito si pose in ginocchio per meglio scrutarne il viso.

«Sì, è lui», pronunciò. - Poi rivolgendosi alla figlia: - presto Mioka dammi la borsa - ed al figlio mentre preparava le sue erbe - corri Hiota, corri con quanto fiato hai in corpo, non ti fermare fin quando arrivi a casa, metti fretta a tuo padre e digli che si tratta del padroncino Tommy, Tommy Duplessis, conducilo qui, e subito».

Tommy quando si risvegliò si guardò d'attorno. Giaceva su una specie di amaca irrobustita da una fitta stuoia, tenuta legata per lungo alle due sponde contrapposte della capanna.

«Dove mi trovo?» esclamò con un fil di voce.

I presenti lo guardarono senza comprenderlo.

Allora Tommy, questa volta con voce rafforzata, ripeté la domanda in afrikaans.

Gli si avvicinò il padre di Mioka.

«Finalmente ti sei svegliato padroncino, ti ricordi di me?»

«No, no! Non ti conosco! Tu chi sei!»

Questa voce aspra fece ammutolire il suo interlocutore.

Ma dopo un poco, Tommy, aprendo bene gli occhi, ravvisò nel viso dell'indigeno una persona amica; non gli sovvenne il nome, ma più che altro destò la sua attenzione una ferita da tempo rimarginata segnata vistosamente sulla fronte, e poi quel sorriso, certo che lo riconosceva, ma il nome benché formulato nel suo cervello non riusciva a pronunciarlo, la gola gli si era asciugata, in ultimo con uno sforzo enorme gridò:

«Hukanka!»

«Mi hai riconosciuto ragazzo mio, Dio ti ha protetto per tutto questo tempo.

Ha esaudito le mie preghiere, quelle di Kaidda e Mioka. Che Dio sia lodato ora e sempre».

«Dov'è Kaidda?».

«Sono qui Tommy, padroncino mio!».

«Kaidda, cara Kaidda, raccontami, come sono capitato nella tua capanna?»

«È una storia che si è protratta da un pezzo, ragazzo mio!

Ti abbiamo subito riconosciuto anche se quando ci siamo separati tu eri appena un adolescente.

Sei cresciuto forte e sano.

Un altro non avrebbe sopportato le conseguenze della ferita, ma tu sei stato forte e con una gran voglia di vivere, seppure la vita oggi non viene più calcolata come un bene supremo, per come si stanno svolgendo questi tragici avvenimenti.

Ma ora tu qui sei al sicuro e nessuno potrà farti del male.

Sei ancora tanto debole che non devi affaticarti. Ti ho preparato questa bevanda, bevila fino in fondo così potrai ritornare a dormire.

Durante la lunga malattia sei stato tanto agitato che abbiamo avuto più volte la sensazione che peggiorassi invece di guarire.

Dormi, dormi che la tisana ti farà senz'altro bene».

Capitolo XIV

La commemorazione dei morti.

Quando la strage perpetrata da Pretorius contro gli Zulu ebbe termine, il sole si era ritirato al di là dei monti già da un pezzo.

L'indomani vennero commemorati i coloni caduti in battaglia; fu data loro una degna sepoltura cristiana, con l'intervento di tutti i Boeri emigrati nei territori limitrofi.

In questa cerimonia vi era anche Betty Orange, con il figlio in braccio e la schiava Khianua che si era affezionata alla nuova padrona.

Betty si rammaricava che per suo marito, per Retief e i suoi settanta compagni, non era stato possibile dare una pur semplice sepoltura, in quanto i loro cadaveri non erano stati ancora ritrovati. Alcuni dicevano che erano andati a finire nelle mani dei Basuto, mangiatori di carne umana; altri invece che fossero stati gettati nel fiume Umkomanzi, o quelli dell'Umkomaas e Tugela; altri ancora che li avevano scaraventati nelle gole dei monti Draghi.

Betty, intanto, aveva trovato nei compagni di sventura una solidarietà così affettuosa che decise di star per sempre con loro, facendo fede alla promessa fatta a Tommy di non muoversi più da quel posto.

Tre giorni dopo i funerali venne invece festeggiata la grande vittoria conseguita sugli Zulu, che ormai coronava il sogno di tutti i

Boeri, d'aver ottenuto definitivamente, per se stessi e la loro prole, *la terra promessa* seppure con il sacrificio di vite umane.

Il popolo non mancò, in quell'occasione, di additare Jürgen come uno dei maggiori artefici della vittoria, encomiandolo pubblicamente sul palco, paragonandolo al prode Achille che a bordo della sua biga sbaragliava i Troiani.

La folla lo acclamò a lungo.

Tra quelli che gli battevano le mani, Jürgen scorse Betty che non vedeva da mesi.

Piangeva Betty, sembrava che i lampi sprizzati dai suoi occhi dovessero colpire quelli sorridenti e soddisfatti di Jürgen.

Egli non si scompose.

Continuava ad assaporare con soddisfazione l'onore che gli attribuivano denominandolo il "Prode Achille".

Jürgen a sera cercò Betty.

«Così sei diventato un eroe» gli disse Betty appena l'ebbe rivisto.

«È stato tutto merito tuo - ribatté Jürgen - ho seguito il tuo insegnamento».

«Ora non buttarti a terra, sei stato grande».

«Se lo dici tu, incomincio a crederci.

Come stai?

Sono addolorato per Tommy, ho voluto vendicarlo; il dolore provato è stato così grande che mi sono catapultato in un'impresa pazzesca, ma ci sono riuscito.

Avrò travolto almeno cinquecento guerrieri da solo, mentre loro per massacrare settanta nostri compagni sono stati almeno in mille.

Li abbiamo puniti, siamo soddisfatti per come sono andate le cose».

«Ora, grazie a te, e a Pretorius, - riprese a dire Betty - siamo liberi di costruire il nostro futuro. Cosa farai ora?»

«Non lo so, per ora mi riposo. Il bimbo come sta?

So che ti sei sistemata abbastanza bene».

«Non lo nego, ma mi manca Tommy, la sua compagnia, il suo affetto. Egli rimarrà indelebile nella mia memoria, e nessuno, dico nessuno, può prendere il suo posto».

«Se la pensi in questo modo, vuol dire che non avendo altro da fare, - rispose Jürgen - e non avendo altri interessi in questo villaggio, cercherò di accodarmi alla prossima carovana al seguito di Pretorius per la Transvaal.

Ti auguro di star sempre bene, sei giovane e bella, sono sicuro che col tempo troverai senz'altro un uomo che ti possa aiutare ad accudire la mandria.

È tutta tua, ci ho pensato sopra, non ti chiedo la mia parte, non so che farmene. Dai un bacio a François da parte mia. Ciao».

«Aspetta, ti ho preparato una sorpresa; ho qui con me Khianua, portala con te, soffre in silenzio la tua lontananza».

«Non hai ancora capito? - rispose accigliato Jürgen - Non voglio alcunché del patrimonio in comune, il lascito è comprensivo degli schiavi!»

«Tu l'hai amata con passione e non per capriccio. Lei me lo ha detto!»

«È una furfante! Non è vero!

Nei momenti intimi, se proprio lo vuoi sapere, invocavo il tuo nome, non il suo.

Se le dimostravo il mio amore, esso era rivolto a te, era come se facessi l'amore con te e non con una schiava, e ora vattene, non ti amo più, non dovevi parlarmi di Khianua. Da ora il mio cuore non batte più per te».

E così dicendo gli si inumidirono gli occhi.

Betty se n'accorse, anche perché le ultime parole gli si strozzarono in gola.

«Jürgen, mi odi forse? Da come le parole escono dalla tua bocca, parrebbe di sì! Ma dimmi, sii sincero, esse sono state ben vagliate dal tuo cuore?

Io lo so perché mi odi.

La mia colpa ai tuoi occhi è quella di non averti mai detto che amavo Tommy.

È così?

Tu mi eri simpatico, mi facevi divertire, ballavamo con la passione nel cuore, eravamo rapiti dal suono melodico della musica, ma all'infuori di questi contatti non eri più niente per me. Invece, Tommy, per la sua serietà mi dava più fiducia, lo consideravo un vero uomo.

Tu per me, allora, eri un ragazzino incapace di esprimere le prime reazioni amorose. Ti calcolavo soltanto come un fratello minore».

Jürgen, ancora irato, la guardò trasognato.

Gli sovvennero le parole del fratello che gli diceva che avrebbe preferito far l'amore con una schiava al posto di Betty. E poi l'altra frase: «Credi che sia così cretino da far la corte ad un uomo?»

Con quest'ultimo sgradevole pensiero Jürgen lasciò in asso Betty voltandole le spalle.

Più in là, ove aveva il suo carro ancora con la sua armatura, Khianua lo aspettava.

«Padrone, fammi entrare ti prego».

«Ma sì! Entra pure, aiutami a disarmare il carro, potrebbe essere pericoloso per i ragazzi. Ma poi te ne andrai di corsa!»

«Non posso – rispose Khianua – padron Betty mi ha scacciata dalla sua casa.

Non vedi il sacco con la mia roba?»

Capitolo XV

La repubblica della Natal.

Nella Natal ormai non vi era più una forza sufficiente a contrastare i Boeri. Profittando infine delle discordie fra gli indigeni, Andries Pretorius costituì nel 1840 la prima repubblica indipendente della Natal, interamente amministrata dai suoi uomini, mentre gli altri Boeri stanziatisi a nord dei confini della Colonia del Capo fondarono lo Stato libero dell'Orange.

Pretorius, visto lo stabilizzarsi della repubblica, proseguì con un'altra carovana verso la Transvaal. Jürgen lo seguì nella nuova impresa, portando seco la fedele Khianua.

Pretorius con i suoi seguaci, man mano che s'inoltravano verso il Nord, fondarono le repubbliche di Potchefstroom, Lydenburg, Utrecht e Zoutpansberg, guerreggiando contro i Basuto.

Per la cronaca purtroppo siamo costretti a dire che i Boeri della Natal furono sfortunati. Non era loro concesso di vivere in pace.

Dopo due anni d'indipendenza la Natal venne occupata militarmente dagli Inglesi. L'opinione pubblica britannica, influenzata dalle missioni religiose evangeliche, predicavano da tempo che i Boeri opprimevano le popolazioni autoctone. Fu questo il pretesto degli Inglesi per mettere fine alla Repubblica della Natal.

Il loro primo atto fu quello di abolire la schiavitù con un'ordinanza.

In seguito a ciò si istaurò un clima infuocato tra gli Inglesi con i loro alleati indigeni da una parte, ed i Boeri dall'altra. Questi ultimi si ribellarono e, per sfuggire a questa ordinanza, organizzarono un altro great trek, verso la Transvaal. Molti si fermarono in quest'ultimo territorio, ma alcuni, visto che gli Inglesi avevano occupato completamente la Natal e che li avrebbero avuti come confinanti, decisero di proseguire verso il fiume Zambesi e la vicina colonia Portoghese: il Mozambico.

Capitolo XVI

I Tedeschi

Betty, prima ancora che la Natal fosse occupata del tutto dagli Inglesi, conobbe George Gottschalk.

La storia di costui era stata alquanto avventurosa. Nato a Furtwangen in Germania aveva trascorso la sua adolescenza sul Titisee, un laghetto situato nella Selva Nera. Durante tutta la sua carriera scolastica ebbe come compagno di scuola Karl Hardenberg. I due a diciotto anni si separarono: George, emigrò nella Colonia del Capo, mentre Karl intraprese la carriera militare. George riuscì ad ottenere un lotto di terreno sul quale costruì la sua fattoria allevando una numerosa mandria. Poi fece causa comune con i Boeri seguendo le loro vicissitudini.

Karl, invece, influenzato dalle continue lettere dall'amico, che magnificava i paesaggi meravigliosi delle nuove terre, volendo anche lui conoscere l'Africa nera, accettò d'essere trasferito nel territorio ceduto dal Sultano di Zanzibar all'imperatore della Germania Guglielmo I. Karl da sottotenente dell'esercito del Kaiser, fu di stanza a Dar es Salaam, partecipò militarmente all'ampliamento del territorio che si espandé sino al lago Tanganica ai confini del Congo Belga. Promosso dopo lodevoli anni di servizio Colonnello, cercò di estendere l'influenza politica della Germania sugli indigeni residenti nella Rhodesia del Nord, stabilendo ottimi rapporti con Khama III, un capo indigeno convertitosi al cristianesimo, uomo di grande capacità che portò

134

ordine e pace fra la sua tribù, e con il re della tribù dei Matabele, Mosilikatze o Mzilikasi, specie dopo che la Germania aveva proclamato il protettorato sul Namaqua-Damaraland sulla costa Atlantica dell'Africa.

Il colonnello Karl Hardenberg ambiva a essere ricordato dalla storia del suo paese, mettendo in atto tutte le sue capacità, per realizzare un prodigioso progetto: congiungere le due colonie tedesche, l'una sull'oceano Pacifico e l'altra sull'oceano Atlantico attraverso l'occupazione pacifica del Matabeleland e del Bechuanaland, attento, però, a non suscitare un conflitto armato con gli Inglesi.

Non riuscendo in tal senso, acquistò con una somma irrisoria, dal re del Matabele, Mosilikatze, un territorio confinante con la colonia tedesca che si estendeva dal lago Kariba fin nei pressi della cascata Vittoria, alimentata dal fiume Zambesi.

Così Karl, andando in pensione, volle diventare un latifondista. Una volta ottenuta la concessione cercò di convincere i propri compatriotti a trasferirsi nelle sue nuove terre, e la prima cosa che fece, era stata quella di invitare il vecchio amico Gottschalk di impiantare una fattoria nella sua proprietà.

George Gottschalk, dopo aver soppesato le proposte del suo amico Karl Hardenberg, accettò volentieri di condurre una fattoria nelle vicinanze del lago Kariba che gli avrebbe potuto fatto ricordare la sua casa, con la vista sul lago Titisee in Germania, il luogo della sua fanciullezza. Raccolse i prodotti della sua terra, caricò tutto sui suoi carri, masserizie, fieno per gli animali, cibo ed acqua in abbondanza e via per la Natal, ormai trasformata in repubblica autonoma amministrata dai Boeri. Vi giunse alcuni mesi dopo la sconfitta definitiva degli Zulu. George proveniva dalle rive del fiume Sondags, e l'unica che gli potesse dare ospitalità fu Betty, con tutta la sua mandria da custodire nel suo grande recinto. Egli durante il trasferimento dovette subire alcuni assalti di guerrieri Cafri ed ebbe la mala ventura di veder diminuita a dismisura la sua mandria. Aveva numerosi figli e con una mandria dimezzata faceva fatica ad andare avanti per assicurare alla famiglia una dignitosa esistenza. Comunque George e la moglie Uta erano felici di raggiungere il loro amico per sistemare convenientemente le cinque figlie e i quattro maschi che allietavano la loro famiglia.

Tutte le figliuole, in riconoscenza d'essere ospitate, erano ben contente di dedicarsi al piccolo François, dato che Betty era indaffarata ad accudire il bestiame, che era cresciuto enormemente per aver ricevuto, come risarcimento per la morte del marito, una parte del bottino di guerra sottratto agli Zulu.

La sosta di George presso Betty si protrasse per qualche mese ancora, in attesa di ricevere una specie di salvacondotto per attraversare il territorio dei Matabele e non aver in tal modo altre spiacevoli sorprese. «Non ce n'era bisogno - gli fu risposto dopo qualche tempo - i carri segnalati non sarebbero stati attaccati, bastava pronunciare Moselekatze, il re dei Matabele».

In questo breve periodo Betty si fece convincere da George a seguirlo in quell'ultima avventura.

Betty s'accorse di aver commesso una pazzia nel volersi sistemare, con la sua famiglia nella Natal. Si consolava di tanto in tanto perché il territorio era situato sull'oceano Indiano, provvisto di belle spiagge sulle quali sperava d'andare a nuotare.

Ora questa nuova patria, desiderata con tanto ardore, le cadde dal cuore, specie dopo la morte di Tommy e l'odio inspiegabile manifestatole da Jürgen.

Ella si prefigurava che alla fine Jürgen si sarebbe convertito, come era in uso fra gli indigeni, alla pratica del levirato che prevedeva per ogni individuo l'obbligo di sposare la vedova del proprio fratello maggiore. Betty, in fin dei conti, sperava in quest'ultima possibilità. Si rammaricava d'aver parlato a vanvera e di non aver preso in considerazione le ultime parole di Jürgen con le quali dichiarava di amare lei e non Khianua.

«Perché non gli ho detto che anch'io ho sempre avuto una forte simpatia per lui? E se in passato non gli ho dimostrato amore, era perché lui era troppo piccolo. E quando è diventato un vero uomo, ero ormai sposata con suo fratello. Ecco, questo dovevo dire, e non tirare in ballo la povera Khianua!»

Betty indubbiamente si era lasciata sfuggire un'occasione d'oro che non si sarebbe ripresentata mai più.

Purtroppo, essere stata posta sullo stesso piano di quella schiava, le aveva fatto saltare i nervi. Lei, che aveva trattato con autorevolezza gli schiavi boscimani e ottentotti, vedeva sminuita la sua autorità. Tuttavia l'astio maggiore l'aveva più contro Jürgen che con Khianua, che poverina, aveva dovuto subire all'inizio le sue prepotenze. E poi, in quel periodo della tratta degli schiavi, Betty pensava che dormire con Jürgen, equivaleva aver condiviso con Khianua lo stesso uomo ed essere stata posta in seconda fila negli amori di Jürgen, tenendo inoltre conto, poi, che la linfa vitale della razza negra poteva contagiare il suo corpo attraverso l'atto carnale.

Comunque, dopo qualche riflessione, incominciava a pensare che nella conversazione con Jürgen doveva far capire che la sua porta era sempre aperta per lui. «Non potevo dimostrargli almeno una semplice accondiscendenza quando Jürgen mi ha dichiarato il suo sofferto amore? Sono stata cieca, oltre ogni plausibile riservatezza, a non lasciarmi persuadere dall'amore di Jürgen; bastava che io gli rispondessi: anch'io ho avuto un debole per te».

Betty, certo, aveva commesso un imperdonabile errore volendogli affibbiare la schiava, suscitando il suo giusto risentimento.

Ora con l'amaro in bocca per aver commesso questa gaffe, che nelle sue intenzioni aveva voluto sondare quale vincolo sussistesse ancora tra Jürgen e Khianua, non le rimase altro da fare che seguire i carri dei suoi nuovi compagni, con gli schiavi e con la mandria per raggiungere il lago Kariba, oltre il fiume Zambesi. Il viaggio non fu molto difficoltoso, si svolse senza complicazioni di sorta, anzi sotto alcuni aspetti fu gioioso per le festicciole che solevano organizzare la famiglia Gottschalk alla sera dopo cena. George, la moglie e una delle loro figliole suonavano bellissime melodie.

Betty riprese l'antico splendore nel ballare assieme ai figli di George: Cristian, Friedrich e Johann, tutti e tre floridi ragazzi, e per ultimo con il piccolo Hans, tutti così compiti nei loro atteggiamenti e movimenti.

Cristian, il più grande dei suoi fratelli, per consentire a Betty di interessarsi al figlio, prese l'abitudine di guidare il suo carro.

Non vi è dubbio che fra i due sorgesse prima la simpatia e poi le prime manifestazioni amorose. Una sera continuarono a ballare fino a tardi, e senza le note musicali, nonostante tutti si fossero ritirati per dormire. Betty si lasciò andare nelle braccia di Cristian, si fermarono guardandosi negli occhi, poi lei gli dette la mano e lo fece salire sul suo carro ove trascorsero ore felici dimenticando entrambi le conseguenze delle loro azioni.

Questa volta Betty aveva giurato a se stessa che qualunque cosa fosse successa non si sarebbe mossa mai più da dove pensava di fermarsi.

Il figlio di Moselekatze, Lobenguela, per mantenere la parola data al colonnello, mandò in avanscoperta alcuni suoi guerrieri per far da guida alla carovana conducendoli al suo kraal.

Al cospetto di Lobenguela i Tedeschi e Betty notarono con meraviglia che egli aveva sposato una donna bianca e per giunta inglese.

Florence, la moglie di Lobenguela, accolse con molta grazia la famiglia Gottschalk, ma non conoscendo il tedesco, non riusciva ad avere un chiaro dialogo.

Appena seppe che Betty portava il cognome di Orange, pensò che parlasse francese e così poterono esprimere i propri pensieri sul fenomeno delle emigrazioni.

Anche George, avendo studiato francese durante i suoi studi in Germania, prese parte alla conversazione seppure con qualche difficoltà.

Florence invitò i suoi ospiti a fermarsi presso di lei, ove aveva in programma la costruzione di una città, ma Gottschalk disse che non poteva tradire le aspettative del suo amico d'infanzia, il colonnello Karl Hardenberg, che li aspettava fiducioso nel suo possedimento.

Certamente non sarebbero mancate le occasioni, dimorando nel suo regno, di incontrarsi di tanto in tanto.

Betty volle raggiungere, dopo la sosta al kraal di Lobenguela, le Cascate Victoria; le piacquero tanto che decise di prendere dimora non molto distante da lì, nel villaggio che prese poi il nome di Livingstone, nome dell'eponimo missionario ed esploratore scozzese che scoprì le cascate del fiume Zambesi. (Grandi cascate alte 119 metri dette dagli indigeni Mosi-oa-Tunya, nome che significa «il fumo tonante»).

«Qui termina il mio viaggio, - disse alfine a se stessa Betty - non mi muoverò mai più da qui.

Sono arrivata quasi a toccare i confini dell'Africa Orientale Tedesca, e non potrei andare oltre».

Betty era anche stufa di operare come mandriana, tanto che vendette alla famiglia Gottschalk ed al Colonnello gran parte della sua mandria.

Ella pensò di starsene al villaggio per costruire, assieme a Cristian e con alcuni suoi schiavi, un emporio ben fornito e un ristorante con annesso un alberghetto, prevedendo l'arrivo di altre persone attratte dalla cascata Victoria.

Aveva inoltre tutto il tempo per accudire suo figlio dopo la fuga della schiava Khianua.

Capitolo XVII

La partenza di Tommy.

Kukhy e Hiota, i fratelli di Mioka, già grandicelli - l'uno di quattordici anni e l'altro di 12 - aiutarono il padroncino Tommy, con lo spirito di galvanizzazione, a riprendere l'uso della gamba.

Appoggiandosi alle loro spalle riusciva a raggiungere il fiume Umfolozi. Lì tutti si bagnavano nelle sue acque e Tommy riusciva meglio a muovere gli arti inferiori cercando di nuotare con una certa velocità.

Le sorelle di Mioka, Hanny, Mery e Janka, avevano l'abitudine di non allontanarsi quasi mai dalla capanna, come se fossero pressoché segregate, per il timore costante che qualche guerriero le volesse comprare a tutti i costi, richiesta a cui non ci si poteva opporre, per la loro onnipotenza sugli ottentotti, e data la legge in uso in quasi tutto il Continente africano.

Ma anche Mioka doveva stare attenta a non mostrarsi oltre la laguna per paura d'essere scoperta e data in pasto alle iene per la condotta avuta con il suo nuovo padrone Tommy.

Si aggiunga che Mioka, essendo in stato di gravidanza, aumentava la sua colpa fra gli Zulu. Infatti, calcolato il tempo, lei si rese conto che il bambino non poteva che essere figlio di Tommy, il quale riprese ad avere rapporti amorosi con Mioka. Lei, dopo qualche tempo, fu costretta a dirgli che aspettava un bambino frutto del loro amore. Soltanto allora Tommy incominciò a ripercorrere il tempo andato. «Ma io, non sono già padre di un bambino? E questo, allora, dovrebbe essere il mio secondo figlio?»

Tommy si sentiva come se si fosse risvegliato da un lungo sonno. Si domandò: «Con chi mai ho generato il primo figlio?»

Tommy rimase ancora perplesso e si dibatteva nel dubbio se già avesse avuto un'altra vita. Il fatto che ipotizzasse di punto in bianco di essere stato già padre generava in lui la voglia di sapere sul suo passato.

A furia di rimuginare il proprio cervello estese davanti ai suoi occhi i fotogrammi della sua vita trascorsa con i propri genitori e poi, man mano, tutti gli altri avvenimenti relativi al suo matrimonio, alle circostanze in cui era giunto nella Natal, ed in ultimo agli eventi guerreschi che si erano verificati sino all'incontro con la concubina di Dingaan.

Infine la risposta:

«Ecco! Ci siamo. Ho generato dapprima il mio amato figlioletto con Betty, la mia Betty». A questo punto il suo cervello ebbe un intoppo, Tommy si fece scuro, arrossì. Non sapeva andare avanti col suo ragionamento, quando nella capanna i suoi occhi individuarono, in un angolo, tra vari indumenti, i resti delle *vestimenta* che aveva indossato per apparire un guerriero Zulu, addirittura Ciaka. Gli apparve limpido d'aver compiuto un atto di viltà, ovvero nel timore d'essere ucciso dagli indigeni, non aveva approfittato, quando si era presentata l'occasione, di fuggire dal kraal di Mioka.

Eh sì! Sì. Proprio così!

«Sono stato un vile! Avrei potuto raggiungere il mio villaggio e mettere sull'avviso i miei compagni della prossima incursione degli Zulu».

142

Un senso di colpa lo afflisse: «L'intero villaggio, compresa la mia famiglia, è stata sterminata per essere stato un codardo».

Così era convinto che si fosse verificato. Tommy non si dava pace e in fondo al suo cuore prese coscienza che era stata Mioka la causa della sua pavidità.

Per giustificarsi incominciò ad imprecare: «Se Mioka, nel kraal di suo marito, non si fosse mostrata compiacente nei miei confronti, certamente sarei fuggito».

Invece no!

Era naturale e sbrigativo imputare a lei addirittura il massacro delle persone nel villaggio dei Boeri.

In fin dei conti gli piaceva essere onorato e rispettato con venerazione da tutti gli Zulu.

Gli piaceva ricevere i migliori prodotti della terra e quelli delle mandrie, e saziarsi a volontà di queste specialità.

Gli piaceva inoltre distribuire un'infinità di amuleti per prevenire o allontanare ipotetici mali a tutta la comunità indigena.

E poi Mioka era piacevole a letto tanto da superare di gran lunga la sua Betty in arti femminili.

Ora ricordava che durante la prima notte d'amore era stato deluso per la scarsa vitalità della moglie.

«Sì cara Betty, tu ti irrigidivi nel primo periodo della nostra vita in comune e soltanto dopo la mia rigogliosa attività sessuale ti sei sciolta come la neve al sole, ed hai incominciato, seppure con lentezza, ad assaporare le dolci manifestazioni dell'amore; sei stata comunque una moglie perfetta, ma certamente non esuberante nel dare amore.

Dopo qualche tempo ad ogni tuo gesto, un po' ardito, io mi ricredevo sulla tua natura apparentemente frigida, come sembrava ai miei occhi velati, quando ti credevo un'amazzone con le caratteristiche di un uomo.

Ed ora dove sei con il nostro adorato figlioletto?

In quale terra riposi?

Ti ritroverò sepolta, abbracciata al nostro piccolo, nel giardino attiguo al nostro nido d'amore, costruito con tanti sacrifici, con la speranza poi, di una felicità che non avrebbe mai più avuto fine?

Betty, cara Betty, quanti mesi sono trascorsi allorquando ho accompagnato nella tana del lupo il nostro capo Retief?

Tre, quattro o addirittura cinque mesi?

Io non lo so di certo, e nemmeno Mioka, poverina, me lo può dire!

Sa contare fino a dieci sulla punta delle sue dita, e quantunque avesse la costanza di aggiungere ogni giorno una pietruzza nei suoi sacchettini, fino a raggiungere per ognuno di essi il numero dieci, non si raccapezzerebbe nell'addizionarli per calcolare il tempo trascorso da un avvenimento all'altro.

E quando pure ci riuscisse, non mi saprebbe mai dire i mesi che ho trascorso con lei prima al kraal di Dingaan, e dopo, presso la capanna di suo padre.

Se ben ricordo, quando ho impersonato Ciaka, è trascorso più o meno un mese, perché Mioka aveva riempito tre sacchettini, ma dal giorno che siamo fuggiti non riesco assolutamente a rendermi conto di quanto tempo sia trascorso.

Oh bella questa!

La cosa più importante.

Dimenticavo il nome di mio figlio, qual è?

Ah ecco, come ho fatto a non ricordarmelo prima: è François!

Il nome di mio padre!

Caro il mio piccolo, spero che non ti vergognerai di avere un fratellino bastardo. Come sarebbe bello prendervi ambedue in braccio, uno bianco e l'altro del color del cioccolato!

Ed io che colore avrei?

Forse rosso.

E perché rosso?

Per la vergogna che proverei nei confronti dei miei parenti.

Ma no! Ciò non si verificherà mai».

In tal modo vaneggiava Tommy. Il dolore maggiore era la perdita della sua famigliola, tanto che a poco a poco nella sua mente si insinuò la certezza che non fossero morti, loro non potevano subire una così brutale realtà.

Loro dovevano essere vivi, sì, vivi, chissà per quali imperscrutabili vie Iddio avesse voluto preservarli dalla morte cruenta.

Ed allora si abbandonava al suo affetto paterno:

«Sì, caro François, ho tanta voglia di prenderti in braccio e stringerti forte, forte al mio cuore, e con la tua mammina saremmo il trio più bello del mondo. Aspetta ancora qualche giorno, anzi fai conto che il tuo papà è già lì, vicino a te».

Quella stessa sera, dopo cena, Tommy volle parlare con tutti i presenti; convocò sotto la tettoia di paglia Kaidda, Hukanka, Mioka, Kukhy, Hiota, Hanny, Mery e Janka.

«Miei cari, vi ho riuniti qui per ringraziarvi della vostra ospitalità e soprattutto per avermi tenuto in vita durante il mio stato comatoso durato per non so quanti mesi.

Ora che sono in perfetta salute è mio obbligo rifondere con cinque mucche la vostra tenacia e la vostra abdicazione con l'intento, veramente caritatevole, di avermi fatto ritornare in forza.

Questo regalo certamente non è equiparabile alla vita di un uomo ma resta come un perenne pensiero alla vostra bontà. Domattina, prestissimo, ritornerò al mio villaggio ove ho una moglie bianca e un figlio. Mi accompagnerà Kukhy, a cui affiderò le bestie che d'ora in poi saranno di vostra esclusiva proprietà.

Ora vi abbraccio uno per uno e con questo segno una parte del mio cuore resterà sempre con voi.

Addio, miei cari, per ora vado a dormire per svegliarmi prestissimo domattina, prima che spunti il sole».

Quella notte Mioka andò a dormire in solitudine, e quando si svegliava di soprassalto, riversava lacrime a non finire.

L'indomani mattina, al buio, Tommy era già sulla strada del villaggio, il luogo di residenza della sua famiglia.

Lì con sorpresa ritrovò i vecchi conoscenti e tutti in buona salute. Gli dissero che il loro villaggio resistette agli attacchi degli Zulu e che questi ultimi subirono una sonora sconfitta.

Gli amici e i conoscenti gli si affollarono attorno per farsi raccontare la sua incredibile avventura. Tutti, infatti, lo credevano morto.

Finalmente ebbe conferma del tempo trascorso lontano da sua moglie. Non erano né tre o quattro mesi, erano addirittura trascorsi ben nove mesi.

Tommy fece fatica a riconoscere quella che era stata la sua casa, sembrava trasformata; il nuovo inquilino affermò che aveva fatto solo modeste modifiche. Solo alcuni alberelli erano cresciuti in fretta e i rampicanti avevano ricoperto le spalliere del giardino.

Seppe dagli amici che sua moglie era partita al seguito di alcuni carri tedeschi verso il lago Kariba, nel territorio dei Matabele.

Tommy non si aspettava tanta fretta da parte di Betty, e per la prima volta mostrò rabbia e risentimento.

«Avresti dovuto aspettare almeno un anno dalla ferale notizia prima di andartene. È mai possibile che tu debba comportarti come una zingara? Quali potrebbero essere, questa volta, i motivi di siffatta decisione?

Betty, Betty, come sei volubile e incostante! Dai la sensazione che la terra, su cui poggi i piedi, te li debba sempre scottare!»

La rabbia subentrata gli perdurò ancora a lungo nei giorni seguenti.

«Ed ora cosa faccio? - si domandava Tommy - Come potrò raggiungerla?

Non mi resta che aspettare qualche carovana che è diretta verso il fiume Limpopo per aggregarmi a loro».

Kukhy, che si teneva a rispettosa distanza, finalmente riuscì a capire come stavano le cose. A un dato momento, rivolgendosi a Tommy, lo pregò di ritornare alla baia di Santa Lucia ove poteva stare quanto voleva e assistere almeno alla nascita del bimbo di sua sorella Mioka.

«Grazie Kuchy, grazie di cuore - rispose Tommy. - Sono riuscito a distaccarmi ieri sera con il rimorso nel cuore dalla tua famiglia. Ma il distacco è stato netto, non potrei reggere a un altro addio. Sono debitore di cinque vacche, domani in un modo o nell'altro te le procurerò».

«Noi non abbiamo bisogno delle vacche, noi abbiamo bisogno di te. Non affannarti mio caro padrone, ad adempiere la tua promessa. Noi ti vogliamo bene come ad ognuno della nostra famiglia. Abbiamo apprezzato il tuo dire, ma avremmo voluto almeno che tu avessi condotto con te Mioka, non ci piace vederla afflitta dopo che si è prostata ai tuoi piedi con tutta la sua anima».

«Non posso, non posso proprio, e poi Mioka nello stato in cui si trova non potrebbe reggere alle fatiche del viaggio.

Si è fatto tardi, Kuchy, dormiamo! Domani è un altro giorno».

Tommy aveva accettato ospitalità presso Jacques, un suo caro amico, al quale confidò la pena che aveva nel cuore. Jacques, che aveva una numerosa mandria, si disse disposto a cedergli le cinque mucche. «Puoi stare con me fintanto non troverai qualche carro diretto al fiume Limpopo. Poi si vedrà».
«Grazie Jacques, sei un amico impareggiabile».
Kukhy, che aveva dormito con gli altri schiavi, al mattino si vide consegnare le cinque mucche. Addolorato, e con l'ira nel corpo, le condusse alla sua capanna, per niente soddisfatto del contegno di Tommy, che non volle neanche salutare, voltandogli di proposito le spalle.

Trascorse ancora molto tempo quando Mioka, appena il suo bambino ebbe compiuto all'incirca sette mesi, si mise in viaggio, con l'altro suo figlio e con una mucca, accompagnata da Kukhy, alla ricerca di Tommy.
Il padre Hukanka le aveva detto: «Mia cara figlia, ti ho trattenuta in questa mia capanna per il tempo necessario, in modo che ti rassegnassi al tuo destino.
Ora è tempo di muoversi e affrontare con coraggio la realtà. Devi sempre ricordarti che prima o poi Dingaan ti troverà, e se ti trovasse qui massacrerebbe l'intera famiglia.
Il padroncino Tommy ci ha consegnato cinque capi di bestiame di notevole valore. Non voglio profittare della sua generosità. Restituiscigli una vacca, tre sono già più che sufficienti per la tua persona, la quarta vale per l'assistenza che gli abbiamo dato. Tu lo sai, non puoi vivere con noi senza un marito che possa difenderti, fra l'altro, da qualsiasi brama di qualche Zulu. Ti auguro tutta la

felicità possibile nello stesso modo con cui i padroni bianchi lo fecero, in quel tempo andato, per me e per tua madre. Il padroncino Tommy certo non ti abbandonerà.

Addio figliola».

Tommy, che era il capo dei mandriani schiavi, stava governando le bestie quando s'accorse da lontano che Mioka e Kukhy si stavano avvicinando. Assalito dallo spavento, si recò subito da Jacques riferendogli quanto di lì a poco si sarebbe verificato. L'amico, vedendolo agitato, l'assicurò che se avesse voluto uscire da quella situazione e darsi alla fuga, non l'avrebbe trattenuto. Anzi, gli disse che poteva prendersi un cavallo per raggiungere la sua Betty, senza più attendere l'arrivo di qualche carovana. Tommy lo abbracciò con calore: «Sei un vero amico. Un giorno ricambierò la tua generosità».

E via, senza perdere altro tempo: dopo essersi fornito dell'indispensabile per sopravvivere un paio di giorni, salì in groppa al suo nuovo cavallo alla ricerca della moglie e soprattutto per poter riabbracciare suo figlio François.

Mioka con i suoi due bambini e Kukhy rimasero alle dipendenze dell'amico di Tommy, il nuovo padrone di nome Jacques.

Capitolo XVIII

L'eroe.

Jürgen Duplessis si rivelò un fiero combattente tra i Boeri che si erano inoltrati sempre più a nord oltrepassando il fiume Vaal, ma dovettero superare e vincere impetuose battaglie contro i Matabele, i Bastaard-Griqua e i Basuto.

I Boeri non persero tempo a fondare una città dopo l'altra come Winburg, Potchefstroom e Rustenburg.

Colonizzarono infine, ancora più a nord, le regioni alle quali posero il nome Lydenburg, e di Zoutpansberg.

Jürgen, conquistandosi a buon diritto la fama di eroe, non si fece poi scrupolo di mettere le mani prepotentemente sulle miniere diamantifere dello Stato Libero dell'Orange.

Egli certamente approfittò della bonarietà degli abitanti del Paese, composto da famiglie patriarcali, avvezze a sviluppare un'economia ancora esclusivamente agricolo - pastorale, disdegnando il lavoro delle miniere.

Purtroppo, col diffondersi delle notizie relative alla scoperta delle immense ricchezze nascoste nel sottosuolo di Kimberley, lo Stato Libero dell'Orange cominciava a veder minacciata altresì la propria fisionomia etnica, economica e sociale, minandone infine e soprattutto la patriarcale compagine politica.

Le miniere avevano attratto un considerevole numero di cittadini inglesi e provocarono ben presto il distacco del Griqualand occidentale dallo Stato libero dell'Orange, ove erano le favolose miniere, che fu annesso dall'Inghilterra alla Colonia del Capo, dietro un compenso di 100.000 sterline.

Si pensi che la produzione diamantifera di Kimberley, a meno di un trentennio dalla scoperta, aveva superato il miliardo e mezzo di lire-oro. Purtroppo quando gli Inglesi riuscirono a distaccare il Griqualand dall'Orange, i nuovi padroni estromisero ben presto Jürgen dallo sfruttamento delle miniere. Comunque lui, per quanto avesse potuto estrarre che una parte minima di diamanti, forse i più prestigiosi, aveva ben saputo accumulare un tesoro valutato in milioni di sterline-oro. Jürgen non volle stare però con le mani in mano. Ad ogni istante cercava di commerciare con tutti gli altri paesi del Sudafrica, dando per moneta pregiata i diamanti per ottenere le più favorevoli condizioni economiche. Così si inserì prepotentemente nei programmi della costruzione di strade e specialmente ferrovie, che da Città del Capo dovevano raggiungere Laingsburg e poi proseguire per le miniere diamantifere di Kimberley. Ma il suo interesse maggiore era rivolto verso le nuove miniere d'oro scoperte nel territorio dei Matabele. Questa volta non voleva farsi cogliere di sorpresa dalle mire speculative di Cecil Rhodes e dei suoi accoliti banchieri ebraici.

Cap. XIX

I Matabele.

Lobenguela, figlio di Mosilikatze, re del Matabeleland, venne alla ribalta sulla stampa internazionale per un episodio relativo alla sua vita privata in Inghilterra tantoché, anche in Italia, la "Domenica del Corriere", uno dei più prestigiosi quotidiani della Nazione, pubblicò il seguente articolo che suscitò scalpore perfino nel nostro paese.

Ne trascriviamo il testo originario:

«Nel Regno Unito e, di contraccolpo, un po' da tutto si parla e si sparla del re africano Lobenguela, il quale s'invaghì di una vezzosissima fanciulla inglese al punto che ella divenne, o diverrà sua moglie. A Londra quei giornali hanno battezzato il fatto: Lo scandalo nero, addirittura. E se non proprio uno scandalo, non può non sembrare una stravaganza confinante con la pazzia la passione di miss Florence Katie Jewell - così si chiama la sposa - per un barbaro dell'Africa del Sud, un Matabele recatosi a Londra per farsi vedere nell'esposizione di Earl's Court. Forse la moda del quarto d'ora portava che donne e madonne londinesi accorrevano in folla a visitare l'improvvisato villaggio africano nel quale primeggiava Lobenguela: un personaggio, un re anzi, si dice, il quale occupa un'importante posizione nel suo paese. Così miss Jewell, figlia di un ingegnere delle mine, e vaghissima a giudicare dai ritratti, s'innamorò pazzamente di Lobenguela. Corrisposta nella sua passione, i due s'intesero e deliberarono di unirsi in matrimonio. Fattane regolare dimanda alla chiesa di Earl's Court, il dott. Tristam negò l'unione come innaturale. Allora miss Jewell e re Lobenguela partirono per Southampton e di là per l'Africa del Sud, dove l'unione ebbe luogo secondo le leggi dei Matabele. Miss Jewell ha 21 anni. Intanto il suo esempio sembra possa trovare delle imitatrici, se adesso mezza Londra prodiga carezze ai selvaggi Cafri condotti testé in quella capitale, nell'Empress Theatre, per farsi vedere. Una dimanda sta per essere rivolta al governo inglese affinché impedisca d'ora innanzi codeste esposizioni di selvaggi africani!».

Molto tempo prima che venisse pubblicato l'articolo che abbiamo trascritto, la missione evangelica d'Inghilterra aveva fatto in modo che Lobenguela fosse invitato a Londra in occasione dell'esposizione di Earl's Court.
Lobenguela accettò volentieri l'invito e per farsi apprezzare si recò con dei giovani Matabele nell'Empress Theatre, eseguendo una caratteristica danza indigena.

I Matabele appartengono ai Bantu orientali, come gli Zulù e i Cafri ai quali sono molto affini, e si distinguono per prestanza fisica, attitudini militari, indole violenta e predatoria.
Dopo la conquista della Natal da parte degli Zulù con a capo Ciaka, un guerriero di questi, Mosilikatze, venuto in disgrazia del capo per questioni di interesse, varcò i monti dei Drakensberg con un certo numero di armati, invase il territorio dei Makalanga, sterminò la popolazione indigena assorbendo i Mashona. I Matabele attualmente abitano nella porzione occidentale della Rhodesia meridionale, detta da essi Matabeleland, occupandosi di agricoltura e pastorizia.

Il popolo Matabele si identifica in tre gruppi: Abezauzi, Abenhla, Amaholi. Questi ultimi erano gli autoctoni della regione al tempo dell'invasione. Da allora furono tenuti, loro malgrado, come schiavi e raramente sarebbe stato loro concesso d'allevare bestiame.

Questo giovane Lobenguela sopracitato, dopo lo spettacolo all'Empress Theatre fu invitato in alcuni circoli interessati allo sfruttamento delle risorse minerarie nell'Africa del Sud, ove l'Inghilterra stava ampliando territorialmente la Colonia del Capo. Fra i partecipanti era presente l'ingegnere minerario Jewell Smith con la moglie e la loro avvenente figliola Florence Katie Jewell.
La ragazza aveva a lungo applaudito l'esecuzione della strepitosa danza degli indigeni nel teatro; aveva ammirato soprattutto la fierezza, il corpo longilineo, quasi nudo, lucido e robusto, privo di qualsiasi ombra di grasso del primo danzatore: il futuro re dei Matabele.
Egli aveva i caratteri somatici alquanto simili a quelli degli europei che erano differenti, si può dire, soltanto per il colore della pelle. E poi quegli occhi di un nero intenso, che luccicavano al bagliore delle luci, avevano ipnotizzato Florence che non riusciva a staccare il suo sguardo dalle stupende forme atletiche del danzatore e dei suoi forsennati salti acrobatici; la bellezza di quello spettacolo l'aveva rapita.

Poche sere prima Florence Katie Jewell Smith aveva assistito a una manifestazione dei missionari della London Missionary Society, allora molto potente in Inghilterra, i quali parteggiavano per i Cafri contro l'invadenza dei Boeri, che venivano additati come oppressori degli autoctoni. Anzi patrocinavano la costituzione di Stati Cafri indipendenti posti sotto la loro tutela politica.

Bisogna dire a questo proposito che fra il 1815 e il 1835 si erano stabilite nella Colonia del Capo ben trenta missioni religiose evangeliche allo scopo di convertire gli indigeni alla loro religione, per esercitare poi su di essi la loro influenza, precorrendo in tal modo i missionari cattolici.

Nella giovane mente di Florence non poteva mancare di rilevare che i predetti missionari, presenti a Londra, tendevano tutti all'obesità, i loro corpi erano privi di qualsiasi muscolatura, ma con la mente lucidissima per influenzare l'opinione pubblica ad acquisire nuovi partigiani al partito negro-filo.

Nonostante ciò la giovane era stata conquistata in pieno dalla predicazione dei missionari evangelici, i quali tentavano inoltre di privare i Boeri, in maggior parte calvinisti, dei loro servi indigeni e ottentotti.

Nei locali delle Compagnie industriali, che si apprestavano a sfruttare le risorse minerarie del Sudafrica, Florence Katie Jewell Smith apprese, dalle persone in cerca di affari, l'importanza che si attribuiva a Lobenguela, per ottenere in futuro facilitazioni economiche.

Lobenguela questa volta era vestito all'europea, indossava un abito da sera perfettamente aderente al suo fisico, confezionatogli su misura da un sarto alla moda, dato che per la sua altezza non vi erano abiti adeguati alla sua corporatura. Si disse che aveva pagato il sarto con dei brillanti il cui valore era di gran lunga superiore a quanto richiestogli.

Quando i due giovani furono presentati l'uno all'altra, e si strinsero le mani, il contatto provocò in loro un sussulto; un brivido si estese sulla pelle dei loro corpi, facendo subentrare poco dopo una sensazione di grande piacere, e gli occhi dei due giovani si inumidirono di una languida passione.

Lobenguela, ancora timoroso per quel senso d'inferiorità, insito nella propria coscienza culturale, rispetto ai bianchi, nonostante fosse orgoglioso ed accolto come il futuro re dei Matabele, non osava trattenere a lungo nella sua mano quella di Jewell. Quando cercò di sottrarla fu la ragazza che gliela strinse di nuovo, posando poi sul dorso della sua mano la propria sinistra, alzandola all'altezza del suo petto, come se volesse farsi sfiorare il seno dalle sue dita.

In quel periodo storico la massima aspirazione di un negro era quella di potersi affiancare ad una donna bianca, dopo essersi assicurato che non avrebbe procurato reazioni spiacevoli. In tal guisa, Lobenguela, incoraggiato da Florence, rimase al suo fianco per l'intera serata.

Quando si separarono la ragazza lo invitò a prendere il the nella propria abitazione per il giorno successivo. L'indomani mattina Florence, con tutta naturalezza e con aria di trionfo, comunicò ai propri genitori d'aver invitato il Lobenguela.

In casa dell'ingegnere Smith subentrò la costernazione.

Un selvaggio nella propria casa?

Mai e poi mai!

Che ne direbbero i nostri vicini?

E gli amici?

Florence, pacata, rispose al padre che l'invito al Lobenguela era stato fatto non tanto all'uomo ma al futuro re dei Matabele, territorio nel cui sottosuolo si nascondevano immense ricchezze, e che lui, in quanto ingegnere minerario, avrebbe potuto ottenere speciali concessioni per estrarre i materiali di gran valore.

156

Il padre, in verità, che ancora non si era reso conto di quale tesoro avrebbe potuto ottenere con l'amicizia del Lobenguela, persistette nel rifiuto di ricevere la visita di quest'ultimo.

Florence era talmente dispiaciuta per l'atteggiamento del padre da inacerbirsi ed esplodere con rabbia.

«Papà, gridava, ho 21 anni e mi proibisci di ricevere i miei amici?»

«Non potrà mai essere un tuo amico, è un selvaggio, un cafro, un violento. Avrà certamente partecipato al massacro dei Boeri, uccidendo donne e bambini».

«No papà, ti sbagli. Lui non sarebbe capace d'uccidere neanche un agnellino».

«Un agnellino?

Ma non dire sciocchezze, possiede certamente delle mandrie, si cibano delle loro carni crude e certamente le macellano».

«Papà, lui non è un mandriano, sarà re, e governerà un territorio più grande dell'Irlanda, ricco di miniere. È un giovane buono, l'ho letto nei suoi occhi, è capace di dare la vita ma mai la morte. E poi perché non dovrebbe essere mio amico?

Caro papà, a che è valsa l'abolizione della schiavitù con la famosa sentenza del giudice inglese Granville Sharp del 1772, per il quale lo schiavo che avesse toccato il suolo britannico doveva considerarsi libero? In questo senso ha voluto sancire la parità fra tutti gli uomini, siano essi bianchi, neri o gialli.

Tu invece sei ancora ancorato al razzismo!

Ti dovresti vergognare per questo atteggiamento negativo nei confronti della gente di colore».

«Sai bene che non sono razzista! Ma pur rispettando i negri, non è detto che debba accoglierli nella mia casa».

«E se lo sposassi?»

«Sei uscita di senno?

Non dire stupidaggini, non ti darei mai e poi mai il mio consenso».

«Se la pensi in questi termini, credo che non potrò più vivere in questa casa. È giunta l'ora che vada a vivere da sola. Colgo l'occasione per provvedere a mantenermi con la mia attività. Sono maggiorenne e posso fare quello che voglio».

Detto questo, Florence uscì di casa.

Appena fuori, all'aria aperta, la ragazza emise un profondo respiro. Riempì più volte dell'aria freschissima del mattino i suoi polmoni, cercando di dimenticare il battibecco avuto con il padre. Non perdendo tempo si recò decisa alla missione della London Missionary Society.

Fu ricevuta dal dr. Jenson, al quale raccontò il dissidio col padre e i motivi che lo avevano provocato.

Il dr. Jenson, avvicinandosi alla finestra, guardò fuori cercando di raccogliere un raggio di sole che perforasse la nebbia. Deluso, voltò le spalle alla finestra e, rivolgendosi a Florence, le disse:

«Vedi cara figliola, tuo padre ha ragione! Come potrebbe dare un suo eventuale consenso a un ipotetico matrimonio fra te e quel selvaggio?».

«Allora anche Lei, reverendo, è razzista come mio padre? Sono perplessa, reverendo, per quello che ha detto, specie dopo aver ascoltato i suoi sermoni a favore dei negri d'Africa contro i Boeri, pure essendo questi ultimi di religione cristiana».

«Non è semplice spiegare i motivi religiosi che ci inducono a perseguire la pace fra gli uomini e condannare ogni manifestazione di violenza ai danni degli autoctoni d'Africa. Noi abbiamo il dovere di salvare le anime degli indigeni, convertirli alla religione cristiana e farli diventare dei buoni evangelisti, timorosi di Dio».

«Dr. Jenson, mi deve spiegare perché non potrei sposare Lobenguela, invece di parlarmi della necessità di acquisire nuovi adepti alla vostra missione evangelica, a scapito di calvinisti, luterani e cattolici. Vi state tanto impegnando che mi viene il sospetto di voler competere con le altre missioni cristiane, per esercitare da soli un'influenza anche politica sugli indigeni, che vi frutterà gloria e potere economico».

«Solo potere spirituale, cara ragazza».

«Reverendo, è vero che ha unito in matrimonio, laggiù, nella Colonia del Capo, un bianco con una negra?»

«Ma lì è stato un caso umano per recuperare un'anima perduta, con la certezza di acquisirne delle altre, dando in tal modo un esempio agli indigeni che da evangelista si può ottenere tutto dalla vita, uscire dalla schiavitù, possedere terreni, e dar loro l'illusione che possono avere gli stessi diritti dei bianchi».

«Allora se Lobenguela abbracciasse il vostro movimento religioso, potrebbe sposare una donna bianca?»

«Figliola. Stai facendo di tutto per convincermi di un'ipotesi che nulla ha a che fare con la realtà odierna. Noi siamo in Inghilterra e non in Africa. Vi sono tradizioni da rispettare che valgono, sotto certi aspetti, quanto quelli religiosi».

«Ho capito, reverendo, non vuole piegarsi all'evidenza dei fatti: io e Lobenguela siamo fatti l'uno per l'altra. Ora se me lo concede, tolgo il disturbo».

Florence si avviò a passo spedito verso l'accampamento dei Cafri, posti in un piccolo parco nel cuore di Londra. Camminando, camminando, si affastellarono nella sua mente i più disparati pensieri.

«Proprio a me doveva capitare di innamorarmi di un africano?

Hanno ragione gli altri a dissuadermi, arrivando addirittura a pensare che non si possa avere come amico un negro? Ma poi non è proprio negro, mi sembra più che altro un mulatto. Mamma mia, che brutto vocabolo, deriva certamente dal mulo, che non amo, anzi lo denigro. A me piacciono i cavalli. Già, è più adatto il riferimento a Lobenguela per il suo modo di imbizzarrirsi.

È vero che mi sono innamorata di lui, ma ne sono corrisposta ugualmente?

Oppure per lui è solo un capriccio, dato che sono una donna bianca, irraggiungibile per un negro?

Oddio, anch'io lo chiamo negro, ma lui ha invece il color del cioccolato lucido di cui sono ghiotta.

Che bello!

Da bambina quando la mia bocca era imbrattata dal cioccolato che si spandeva, non so come, anche sulle mie gote, desideravo essere ricoperta per tutto il corpo del suo colore. Ora mi viene da pensare che questi clericali si impegnano a predicare amore verso la propria religione soltanto per assicurarsi in avvenire un proficuo incasso dovuto alle questue fra gli indigeni ed ai lasciti che questi potrebbero effettuare, una volta benestanti, alla loro chiesa».

Dibattendosi fra questi pensieri, giunse alfine all'accampamento dei Matabele, chiamati anche Cafri.

Lobenguela, appena la vide, incrociò le braccia sul petto rivolgendo il suo sguardo verso il cielo, che in quel momento, con le nuvole basse, pareva raffigurasse gli spiriti benigni entro una folta foresta occlusa ai raggi del sole.

Piegò la testa verso il basso, andandole incontro.

Non osava guardarla e tantomeno stringerle la mano, rimase così impalato dinanzi a lei, con il rispettoso atteggiamento di chi voglia prostrarsi davanti ad una regina.

Florence si commosse di fronte a tanta devozione e in uno slancio d'amore lo abbracciò.

Lobenguela era talmente impaurito che un tremito percorse il suo corpo. S'era lasciato cadere le braccia lungo i fianchi; tuttavia al contatto piegò lentamente l'avambraccio destro, distese la lunga mano pronto ad accarezzare le spalle di Florence. Ma ancora non osava ricambiare l'abbraccio, fino a quando ella, aggrappatasi al suo collo, lo baciò sulle labbra.

Lobenguela fremette, perse la sua padronanza, avvertiva la dolce sensazione della morbidezza del corpo della ragazza, e in un impulso selvaggio la prese sulle sue braccia, avviandosi verso la sua tenda.

Vi entrò fra lo sbalordimento dei Cafri, e la depose delicatamente sul suo giaciglio, e lì, al suono dei pacati tamburi selvaggi dei suoi compagni, Lobenguela e Florence portarono a termine la loro bramosia d'amore.

Quel giorno la giovine londinese non tornò a casa, né nei giorni successivi.

****

Lobenguela aveva regalato a Florence un diamante di eccezionale grandezza a forma di ottaedro che gli conferiva uno speciale splendore, come supremo impegno d'amore.

Lei ne fu abbagliata.

Non aveva mai visto un diamante di quelle dimensioni, né credeva che ne potessero esistere altri in tutto il mondo. Parlando di pietre preziose Florence consigliò a Lobenguela di cambiare in sterline il sacchettino di brillanti e diamanti che portava seco.

Dal cambio effettuato negli istituti di credito, Lobenguela ricavò una considerevole somma di denaro che rincuorò entrambi per affrontare le spese di una vita in comune.

Questa disponibilità di pietre preziose suscitò grande interesse negli ambienti economici, in special modo nelle Compagnie delle Colonie e nella London Missionary Society. La notizia venne ripresa dalla stampa locale chiedendosi dove Lobenguela avesse avuto la possibilità d'impadronirsi di tanto tesoro.

Confortati da questo interesse, per prima cosa fecero regolare domanda alla chiesa di Earl's Court per giungere a un regolare matrimonio. Ma il reverendo Tristam negò l'unione adducendo la scusa che era innaturale unire col vincolo cristiano un negro con una cittadina di Sua Maestà Britannica la regina Vittoria. Allora miss Florence Katie Jewell e Lobenguela, mettendo da parte il desiderio di vivere a Londra, decisero di lasciare l'Inghilterra.

Prima di partire Florence volle riconciliarsi con la sua famiglia. La ragazza si recò da sola alla casa paterna, temendo forse che il suo amato Lobenguela fosse messo alla porta.

Ma contrariamente alle sue aspettative Florence venne accolta con grande affetto, si rammaricarono che fosse stato respinto il loro tentativo di matrimonio, e vollero che la loro bambina prima di partire venisse a cena col suo futuro sposo, per accomiatarsi da tutte le persone che le volevano bene.

A cena, fra i tanti amici del padre, era presente anche il reverendo dr. Jenson.

Il giorno successivo Lobenguela e Florence Katie Jewell partirono per Southampton, il porto situato a 110 km da Londra nell'Hampshire, e da lì per l'Africa del Sud dove l'unione ebbe luogo secondo le leggi dei Matabele.

Fu una festa memorabile da lasciare traccia di questo avvenimento nelle generazioni future, e si accese per, la prima volta, la speranza di una possibile parità fra bianchi e neri, anche se i risultati si realizzarono dopo oltre un secolo di lotte sociali con il diretto protagonismo ed attivismo di Nelson Mandela.

Cap. XX

Il nuovo kraal di Florence.

Florence passata la prima euforia si rese conto di non poter vivere in un kraal. Esso non era altro che una capanna fatta di felci, di legna ed erba, con un palo al centro, un'apertura circolare molto piccola e il focolare tra questa e il centro della capanna. Il pavimento consisteva in un miscuglio di fango e di letame pressato, strofinato con sassi fino ad apparire lucido come una pietra. Intorno alla capanna vi era un recinto circolare nel quale si trovavano gli armenti.

Florence, quando seppe in che modo era composto il pavimento del kraal, non volle più metterci piede, nonostante Lobenguela avesse allontanato gli animali dal recinto che attorniava la capanna. Florence impose a Lobenguela di cambiare residenza, non voleva in alcun modo vivere nel villaggio attorniata dal bestiame.

Così Lobenguela dette mano libera a sua moglie per edificare la capitale del Matabeleland.

Si provvide pertanto a incoraggiare gli europei a valorizzare il territorio, sollecitando addirittura il colonnello Karl Hardenberg, seppur tedesco, a mettere a profitto il territorio concesso da re Moselekatze.

Un altro approccio fatto da Florence fu quello di rappacificarsi con i Boeri ai quali aperse i territori dei Matabele a patto che non introducessero le loro mandrie ma che si interessassero solo allo sfruttamento delle miniere, nonché al commercio del tabacco che

164

era in sovrabbondanza, alle costruzioni di case in muratura per abitazioni e all'accoglienza degli stranieri.

Inoltre chiese aiuto a suo padre incoraggiandolo a venire in Africa per interessarsi delle miniere d'oro.

Jürgen, a tali notizie, pensò di mettersi subito in contatto con il re dei Matabele per spiegare il suo progetto sopratutto allo sfruttamento delle miniere d'oro. L'atteso incontro tra Jürgen Duplessis e Lobenguela avvenne a Bulawayo in un kraal di nuova costruzione con tutte le strutture in legno.

Era presente anche Florence, che si mostrò entusiasta al piano di Duplessis ma riferì che doveva avere la bontà di aspettare l'arrivo di suo padre, Smith Jewell, ingegnere delle miniere, che sarebbe arrivato dall'Inghilterra entro pochissimi giorni.

Lobenguela invece propendeva che Jürgen Duplessis si interessasse maggiormente della produzione e smercio del tabacco, e alla costruzione di strutture pubbliche per fare di Bulawayo una capitale con un albergo provvisto di ristorante e sale di riunione.

Prima di entrare nei dettagli doveva avvisare, per correttezza, il colonnello tedesco Karl Hardenberg, per quanto riguardava la commercializzazione del tabacco.

Jürgen si mostrò favorevole a contattare il colonnello, ma per lo smercio del tabacco e la costruzione delle infrastrutture cittadine occorreva una ferrovia che fosse collegata con un porto il più vicino possibile alla capitale, e cioè Beira nel Mozambico. Ciò sarebbe indispensabile per attivare il commercio con tutti gli Stati del mondo. Lobenguela diede il suo assenso a tutte le attività proposte da Jürgen, mettendo in tal modo il suo territorio nelle di lui mani.

Jürgen Duplessis, accomiatatosi da Lobenguela e Florence, regalò a quest'ultima un brillante, promettendo che sarebbe stato disposto a pagare qualsiasi trattazione commerciale con queste pietre preziose invece che con la moneta corrente che non era stabile.

Lobenguela e Florence apprezzarono questo tipo di pagamento, ben sapendo che sulla piazza di Londra li avrebbero tramutati in un valore commerciale superiore con sonanti sterline.

Di questo primo approccio con Lobenguela, Jürgen ebbe una buonissima impressione e non gli dispiaceva fissare la propria dimora a Bulawayo, situata a 1362 metri sul livello del mare e ai piedi dei monti Matopo, nel vasto altipiano tra lo Zambesi e Limpopo. Poi il clima era a lui favorevole, avendo saputo da Florence che nella stagione estiva non superava i 32 gradi.

A Jürgen Duplessis non rimase altro da fare che effettuare una capatina a Livingstone per contattare il colonnello tedesco Karl Hardenberg, chiamato in causa da Florence.

Di Lobenguela, o Lobengula, dobbiamo aggiungere che non era Cafro, come era stato citato erroneamente nell'articolo della "Domenica della Sera".

Inoltre Lobengula non fu determinante nelle vicissitudini dei Boeri stanziatisi nel territorio dell'Africa del Sud, anche se s'inserì, influenzato dalla moglie Florence Katie Jewell, negli intrecci della politica coloniale dell'Inghilterra. E questo perché nello scacchiere dell'Africa del Sud si stava svolgendo un'importante partita fra l'imperialismo della Germania di Guglielmo II, quella Vittoriana della Gran Bretagna, e il re del Portogallo.

La Germania aveva occupato nel 1885, in Africa, un tratto di costa sul litorale dell'Atlantico costituendo una colonia chiamata "Africa Tedesca del Sud Ovest". In seguito la Germania aveva ottenuto concessioni territoriali dal Sultano di Zanzibar, sempre in Africa, ma questa volta sulla costa dell'oceano Indiano, che ampliò considerevolmente, denominandoli "Colonia dell'Africa Orientale Tedesca".

La Germania progettava di congiungere questi due possedimenti ma doveva conquistare la cosiddetta Mittel-Africa, annettendo la Rhodesia, che avrebbe dovuto tagliare in senso orizzontale la catena dei possedimenti inglesi fra il Sudan e il Capo di Buona Speranza. La stessa cosa era nei disegni del re del Portogallo, che voleva congiungere i suoi due possedimenti dell'Angola e del Mozambico.

L'Inghilterra si premunì contro tali pericoli affrettandosi a stilare accordi con Lobengula, figlio del capo dei Matabele, miranti a rifiutare qualsiasi proposta di cessione territoriale alle richieste tedesche e portoghesi.

Florence, dopo le feste susseguite al suo matrimonio, incominciò a pensare di cambiare un poco alla volta le abitudini dei suoi sudditi, rivelatisi ancora più selvaggi di quanto avesse pensato.

Lobenguela, personaggio certamente intelligente, cercava di assecondare il più possibile le richieste della moglie, come quelle di edificare una città. E quando lei incolpò gli indigeni che non erano in grado di costruire con i mattoni le loro residenze, Lobenguela rispose che non era vero, che da tempo immemorabile era stata costruita una grande città, e che se persisteva il sistema di abitare in capanne, questo era dettato dall'esigenza di muoversi continuamente da una parte all'altra del Sudafrica alla ricerca costante di pascoli e terre da coltivare. A dimostrazione che ciò che aveva detto era vero, organizzò un viaggio non molto lontano dal suo kraal, un po' più a sud.

Dopo due giorni di viaggio s'incominciò a vedere le rovine dello Zimbabwe, che significherebbe *casa di pietra,* presso Fort Victoria, denominata anche come "La terra d'Ofir".

Lobenguela si dimostrò anche dotto e particolarmente erudito.

«Le rovine che ammiri furono scoperte piuttosto recentemente. Esse sono costituite da due gruppi di edifici in pietra, che pur non rilevando una tecnica progredita, non hanno trovato riscontro in alcuna altra parte dell'Africa sub sahariana. Tali edifici - continuò Lobenguela - furono costruiti in Rhodesia da popolazioni che si ritengono essere state Bantu, in un periodo di reiterate migrazioni di popoli diversi che attraverso il territorio si sono spinti verso Sud provenendo dai più aridi altipiani dell'Africa orientale. Tale periodo viene calcolato tra il 600 e 1300 d.C.»

«Il tuo popolo è cosciente di questa eredità archeologica?»

«Qui, da noi, parliamo spesso della misteriosa terra d'Ofir, selvaggiamente bella ma squallida zona desertica, che un tempo celava incalcolabili ricchezze d'oro e pietre preziose nel suo grembo che dovevano essere considerate le favolose miniere di Re Salomone».

«Veramente - interloquì Florence - il paese d'Ofir si trova sulle coste dell'Arabia. Salomone fece costruire all'estremo del golfo di 'Aqabah il porto di Ezion Geber, e affidò le sue navi alla marineria fenicia perché si spingessero fino al favoloso paese di Ofir, ove gli ebrei sfruttavano le miniere d'oro».

«Ti sbagli Florence - replicò Lobenguela - erano qui le famose miniere di re Salomone».

Davanti a questa affermazione Florence non rispose ma rimase nel dubbio.

Florence continuò a chiedere: «Perché queste vestigia sono venute alla ribalta soltanto recentemente e non sono state utilizzate come patrimonio comune intorno al quale fondare l'unità di tutti i popoli nel Sud dell'Africa?»

Lobenguela dopo un attimo d'esitazione, avvertendo l'espressione di dubbio negli occhi di Florence, riprese: «Nel corso dei secoli vi sono state numerose spedizioni da parte degli europei per rintracciare le favolose miniere. Tu non immagini quanti cercatori d'oro e di gemme vi hanno invano perduto la vita!

Purtroppo sull'unione dei popoli Bantu, Zulu, Mashona e Matabele - devo aggiungere - non vi è stata mai una coscienza comune ed è mancato un re capace di sottomettere, anche con la forza, le altre tribù che poi sono tutte d'origine Bantu.

Inoltre il territorio era troppo vasto e privo di vie di comunicazione per impartire contemporaneamente gli ordini a tutti i capi tribù. Devo anche dire che è mancato il senso stesso dello Stato ma più che altro ha influito enormemente il continuo spostamento di popolazioni che andavano a occupare terre più floride detenute da altri gruppi».

«Peccato, - lo interruppe Florence - che la vita di questi popoli si sia stabilizzata sulla pastorizia e non su una florida agricoltura che costringe i popoli a permanere sul territorio. Infatti, su quest'ultima attività, si sono potute realizzare le grandi Nazioni».

«Le rovine, - riprese a dire Lobenguela - che tu ammiri costituiscono il mistero che racchiude questa terra dal nome del mio regno: Zimbabwe».

Dopo questa visita Florence si buttò a capofitto nel modernizzare il territorio di suo marito.

Cap. XXI

Il viaggio di Tommy.

Tommy Duplessis ben presto si lasciò alle spalle la cittadina di Piet Retief; poi attraversò i Monti dei Draghi dirigendosi verso Pretoria. Vi giunse dopo tre giorni, era stanco e volle dormire in un alberghetto, dopo un rinfrescante bagno.

L'indomani, avute indicazioni sul percorso meno accidentato da compiere per raggiungere le cascate Victoria, si rimise in viaggio alquanto riposato.

Dopo altri due giorni, era arrivato sulle rive del fiume Mogalakwena, Tommy si trovò intrappolato nel territorio in cui i Matabele stavano esercitando la caccia. Loro avevano individuato una vasta zona nella quale si erano radunati i bufali che andavano a dissetarsi al Mogalakwena. In questo fiume guazzavano anche alcuni rinoceronti dai corni pregiatissimi, molto apprezzati dagli indigeni a scopo afrodisiaci. Non molto distante vi era una famiglia di leoni pronti ad assalire i bufali.

Per non far sfuggire tanta selvaggina, migliaia di guerrieri Matabele avevano circondato tutta la zona ed avanzavano lentamente urlando e battendo i piedi convergendo verso il luogo ove cercavano di convogliare tutti questi animali.

Tommy si trovò nelle stesse condizioni dei leoni, braccato, peggio ancora, asfissiato, intorpidito dalle urla dei selvaggi, che in quel momento, credeva, avessero l'odio in corpo verso i bianchi e quindi verso di lui, da una parte, dall'altra dai rinoceronti che uscivano inferociti dal fiume.

170

Poi davanti a sé i bufali pronti a caricare e travolgere ogni cosa nella loro frenetica corsa verso la salvezza, e dietro di lui i leoni, anche loro disorientati da tanto frastuono, pronti a scagliarsi su chiunque si trovasse sulla loro strada.

Che fare?

Rifletté su ciò che avrebbe dovuto escogitare per uscire da quella situazione d'estremo pericolo. Certamente non arrampicarsi su sparuti alberi dal fusto sottile, che anche un solo bufalo lo poteva abbattere.

Meditò di rifugiarsi nel fiume col suo cavallo, ma era facile preda dei rinoceronti e dei coccodrilli.

Ed allora?

Sfoderò la pistola, pronto a difendersi per prima contro gli animali feroci con l'intento di mirare agli occhi, l'unico punto debole capace di neutralizzare la loro voracità e poi contro gli indigeni se venisse osteggiato da loro.

Intanto il frastuono procurato dagli indigeni s'avvicinava sempre più rendendo i leoni più aggressivi che mai.

Uno di loro avvistò Tommy, prese la rincorsa; man mano che s'avvicinava sembrava che aumentasse la sua andatura. A circa cinque metri spalancò le sue fauci; il cavallo si impennò movendo le zampe anteriori su e giù in un estremo istinto di difesa. Il leone con un salto lo azzannò al collo e in questo scontro si rovesciarono al suolo.

Tommy, per la seconda volta nella sua vita si vide disarcionato, l'esperienza lo accompagnò sottraendosi in tempo dal peso dell'animale. Ebbe modo, così, in un primo momento di raggomitolarsi e rotolarsi sull'erba distanziandosi dal cavallo. Poi, con un ginocchio a terra, prese di mira con la sua pistola l'occhio del leone mentre era intento a sopprimere il cavallo che si agitava convulsamente; premette il dito sul grilletto, udì lo sparo e vide lo schizzare del sangue che andava ad arrossare la sua criniera, e dopo un attimo l'abbattersi di quel corpo che un secondo prima era pieno d'una vitalità eccezionale.

Tommy stava osservando in qual modo la morte potesse cogliere di sorpresa gli esseri viventi, e in quali circostanze favorevoli, ancora una volta, era riuscito a salvarsi da un improvviso pericolo quando, dalle sue spalle, udì sollevarsi dalla savana la voce tonante, corale e sincera di avvertimento di grave pericolo emessa all'unisono dai mille petti di indigeni inorriditi.

Tommy si voltò giusto in tempo per vedere l'altra grande minaccia. Una leonessa veloce come il vento gli s'avventò addosso. Tommy, scalpitando come un cavallo, rotolò ancora una volta su se stesso alzando le gambe a difesa del proprio corpo. La leonessa si fermò, poi con una zampata parve tranciargliele prima di ghermirlo. S'accorse a questo punto d'avere un'altra preda da sbranare, pronta, abbondante, senza fare alcun sforzo, per essere divorata. La leonessa si confuse per un attimo. Ma vide nascosto dalla mole del corpo del cavallo l'altro leone che spasmodicamente si dimenava prima di esalare l'ultimo sospiro. Ed allora, dopo aver annusato il corpo in agonia del compagno, decisa, irritata, vendicativa, puntò la bocca alla gola di Tommy.

Questi attimi di sosta furono d'estrema importanza.

Quanto durarono?

Quante cose si possono pensare in questo lasso di tempo? Quanti ricordi possono affluire a un cervello in fermento?

È come se si assistesse alla proiezione di un film in una sala cinematografica, con la differenza che le immagini della pellicola, in questo caso, si susseguirebbero ad una velocità superiore a quella della luce.

172

Tommy rivide suo fratello Jürgen, poi Betty che nuotava nel Caledon, suo figlio François che gli gridava: «affrettati papà, che cosa aspetti?»

E così Tommy, disteso sull'erba, che in quel momento, con le gambe paralizzate, non aveva più coscienza d'impugnare la pistola, si riprese, sparò tre colpi in rapida successione. Il primo proiettile si conficcò nella gola della leonessa, il secondo e il terzo nelle sue fauci. La leonessa nonostante ferita e sanguinante dalla bocca, tentò di squarciare con gli artigli il petto di Tommy. Egli avvertì il tepore del sangue che con un fiotto si sparse sul suo corpo e colargli lungo i fianchi; non si perse d'animo, riaffiorò la volontà di sopravvivere; forzando la mano divenuta priva di vigore esplose gli altri due colpi che colpirono la belva alla pancia. Poi sfinito, tramortito, cosciente di non aver più cartucce nella pistola, e non avendo più l'energia di difendersi, abbandonò la speranza di vivere, abbandonò le sue membra alla terra, abbandonò la sua anima a Dio, nell'attesa di essere sbranato.

Infatti, la leonessa era ancora in forza pronta a portare via quel corpo senza forze, che si offriva come risarcimento della perdita del suo compagno e placare in tal modo la sua vendetta, senza più combattere. Ma udì delle grida, la leonessa si distrasse, alzò la testa da un pasto a portata di mano, combattuto, desiderato, ma ancora non compiuto. Essa vide una moltitudine di uomini che le scagliavano le frecce, qualcuna la colpì nella parte destra del corpo. Tentò di raccogliere le ultime forze, spalancò le fauci per portarsi via il corpo ormai inerme di Tommy, domato, vinto, e che avrebbe rappresentato la sua ultima impresa. Ma la bocca piena di sangue non rispose al suo comando, le zampe non sopportarono più il suo peso ed essa cadde come *corpo cade morto*. Alcuni guerrieri soddisfatti e gioiosi si fermarono per impossessarsi dei due leoni uccisi e del cavallo.

Allontanandosi di pochi passi, sentirono un gemito. Ritornarono indietro stupefatti. I Matabele riconoscono il valore di ogni singolo individuo. Non se la sentirono di lasciarlo morire in quella solitudine. Lo medicarono sommariamente ponendo delle erbe medicinali sulle ferite, costruirono una rustica barella e decisero di portarlo al kraal del re; sarebbe stato lui a decidere sulle sorti di quello splendido guerriero sopravissuto ai successivi attacchi di un leone e di una leonessa, e che aveva avuto la forza di abbatterli uno dopo l'altro.

La caccia continuò.

Il cerchio dei guerrieri Matabele si restrinse tanto che i leoni superstiti, i bufali e qualche rinoceronte, per sfuggire all'assedio e farsi strada, si avventarono su di loro. Ne seguì una mischia furiosa nella quale parecchi uomini caddero gravemente feriti ma molte belve vennero uccise.

Cap. XXII

L'incontro insperato.

Jürgen, dopo aver ringraziato Lobengula, partì l'indomani per Livingstone scortato da due guerrieri Matabele. Arrivò sul far della sera; stanco del viaggio, preferì andare a dormire nell'unico alberghetto presente in quel villaggio. Fu accolto da Cristian Gottschalk, che lo accompagnò in una camera alquanto disadorna. Campeggiava in ogni modo un lettone mastodontico con un baldacchino fornito tutt'intorno di tende che scendevano a lambire il pavimento per salvaguardare i clienti dalle zanzare.

Al mattino Cristian disse a Betty: «Abbiamo finalmente un cliente, vuole la colazione in camera. Mandaci Nankuega. Non sta bene che tu entri nella stanza di un giovane».

«Sei geloso?»

«Certo che sono geloso! Chi non lo sarebbe al posto mio».

«Credi forse che mi prosternerei davanti a un qualsiasi uomo solo perché è un giovane?»

«Non dico questo, ma lui potrebbe aggredirti».

«Con tutta la servitù che abbiamo in casa, e tu a due passi dal fabbricato? Dovrei essere soltanto consenziente».

«Va bene, va bene, ma tu non dovrai mettere piede nella sua stanza. Hai capito? Mi dispiace solo che sono costretto ad andare al recinto per controllare cosa hanno combinato finora quei fannulloni di Amaholi. Abbiamo fatto un brutto affare a comprarli da Lobenguela, non valgono niente, e se non li sorveglio mandano all'aria tutto il latte della giornata. Quelli non sono schiavi ma appena una sottospecie di scimmie».

«Devi avere pazienza, mio caro, loro hanno altre abitudini, cerca di essere meno aspro e vedrai che renderanno di più. E poi non hanno nulla di scimmiesco, anzi direi che hanno un viso piacevole, specialmente i bambini che hanno una faccia d'angelo». Betty preparò una ricca colazione, poi chiamò: «Nankuega, Nankuega, ma dove ti sei cacciata!».

Nankuega non rispose. «Forse quando è andata a prendere il latte del mattino si sarà intrattenuta con qualche bel schiavetto Amaholo. Certo, Cristian non ha tutti i torti, - pensò Betty. - Ed ora? Pazienza! Guarda un po' cosa mi tocca fare».

Prese il vassoio con la colazione, bussò alla porta del cliente; non avendo ricevuto risposta, entrò e posò il tutto sul tavolino.

Jürgen si svegliò al cigolio della porta, scattò seduto sul letto afferrando la pistola; subito la depose vedendo ancora assonnato attraverso le tendine del baldacchino la donna vicino al tavolino.

Betty gli augurò il buon giorno e stava per andare via. Jürgen le ingiunse di aspettare, voleva farla parlare ancora per accertarsi se quella voce gli fosse familiare. Betty aprì prima la porta e poi disse: «Le ho portato la colazione, appena l'avrà consumata manderò Nankuega a ritirare il vassoio. Le auguro una buona giornata».

«Betty, Betty! - gridò Jürgen - in nome di Dio, fermati, sono io, non mi hai riconosciuto?»

«Jürgen, Jürgen! Caro il mio ragazzino».

Betty s'aggrappò con le mani alle maniglie della porta per non cadere, poggiando il viso sugli spigoli. Le si oscurò la vista, dovette aspettare qualche minuto per ritornare in sé.

Jürgen saltò dal letto, così com'era, senza indossare alcun indumento, mettendo in mostra l'ampio petto muscoloso dalla pelle luminosa, la sostenne e, quando lei spalancò gli occhi, la tenne stretta fra le sue braccia. Betty non si scostò, era debilitata per la forte emozione, non seppe sottrarsi da quell'abbraccio, anzi timidamente posò le mani sui suoi fianchi, e quando Jürgen dopo averla sbaciucchiata sul viso, tentò di porre le labbra su quelle sue, lei abbassò la testa lentamente come se volesse in parte rifuggire da quell'ardore. Jürgen chinò ancora di più il suo capo, cercando avidamente con le sue labbra quelle di Betty.

Le trovò, ma erano serrate, come uno scrigno, ove Betty da tempo aveva volutamente riposto, in attesa di un evento eccezionale, la sua vera anima, i segreti dei suoi pensieri, le insoddisfazioni del suo corpo, le continue ansie d'un amore sconvolto, mai completamente assaporato a lungo nelle sue diverse manifestazioni.

Quel calore bruciante delle labbra di Jürgen fece in modo che quel guscio si ammorbidisse, si spalancasse, per assaporare il dolce miele che si estendeva rapidamente nel suo corpo.

Egli la prese in braccio, con furia la depose sul letto coprendola col suo corpo, mentre la tenda del baldacchino, all'urto dei due corpi si staccò dagli agganci del tettuccio.

Jürgen non faceva che ripetere continuamente il suo nome: «Betty, Betty, anima mia, Betty, Betty, dolce nome invocato più volte nelle imminenze dei pericoli, faro inebriante dei miei pensieri, forza infusa, raddoppiata, triplicata nell'attesa di questo momento, che dovrà sempre, per sempre, vivificare nei nostri cuori».

Dopo che le fiamme del loro amore si furono placate, Betty incominciò a domandarsi come uscire dal vicolo cieco in cui si era inoltrata.

«Jürgen!»

«Cosa c'è!»

«Svegliati Jürgen, dobbiamo parlare».

«Abbiamo già parlato!»

«Non dire sciocchezze, non mi hai dato lo spazio di pronunciare una sola parola».

«Ma abbiamo detto ugualmente tutto quello che c'era da dire! Ho ancora sonno».

«Su, ti prego, stammi a sentire e non arrabbiarti.

Non vuoi sapere cosa ho fatto in tutti questi anni?»

«Io già lo so».

«E cioè?»

«Hai atteso che io tornassi da te! Non è così?»

«Jürgen, devi sapere che in tutto questo tempo mi sono sentita terribilmente sola».

«Anch'io mi sono sentito solo».

«Non è vero, tu avevi Khianua. Tu non puoi sapere quanto mi hai fatto soffrire. Hai preferito lei a me, una schiava a una bianca. Ma cosa ti saltava in testa allora?

Ma dimmi, soddisfa la mia curiosità, l'amavi almeno?»

«Se lo vuoi sapere, Khianua era per me solo una schiava, mi soddisfaceva quel tanto da non farmi impazzire dal desiderio di possederti. Ma era diventata assillante, non era che una cagna in eterno calore. Così alla prima occasione me ne sono liberato per una miserevole ricompensa».

«Jürgen, presto, alziamoci. Fra poco François, non vedendomi in giro, potrebbe cercarmi in questa stanza».

«Come sta il piccolo, cresce bene?»

«Sì, sì, sbrighiamoci, ti prego».

Detto ciò, Betty si vestì in fretta mentre Jürgen rimise in fretta la tenda al baldacchino, desideroso questa volta di rivedere suo nipote François.

Ma prima di uscire dalla stanza, Betty volle raccontargli il suo passato.

Cap. XXIII

L'uomo bianco.

I guerrieri rientrarono dalla caccia quando il sole al tramonto aveva reso d'un rosso luminoso il cielo all'orizzonte.

Gettarono davanti al nuovo kraal di Lobenguela i trofei della caccia: due preziosi rinoceronti, un coccodrillo, sei bufali, nove gazzelle e naturalmente la carcassa del cavallo di Tommy.

Vicini l'uno all'altro posero i due leoni e sopra di loro sdraiarono il corpo di un uomo bianco ancora in vita.

Lobenguela e Florence si affacciarono dal kraal chiedendo con apprensione se la caccia avesse provocato dei morti fra loro. Gli risposero che avevano avuto solo qualche ferito grazie anche all'uomo bianco che, assalito da due leoni, era riuscito a ucciderli.

«Quell'uomo bianco è qui davanti a te. Egli vive ancora, ma non sappiamo fino a quando. Cosa decidi di fare?»

«Chiamate gli stregoni perché questo guerriero bianco merita di vivere».

Florence disse a Lobenguela: «Sai, appena l'ho visto mi è sembrato Jürgen».

«Speriamo di no».

Si voltò verso quel viso disteso sui leoni, lo guardò a lungo.

«Sembra proprio Jürgen, ma non è lui. A quest'ora Jürgen sta certamente parlando con il colonnello».

Tommy venne trasportato nel kraal del capo degli stregoni che con i suoi poteri magici cercò di farlo rinvenire bruciando erbe aromatiche. Nel frattempo intervennero tutti gli altri stregoni con i loro sacchetti contenenti oggetti magici, tendini di capra, di iena, di leopardo, di scimmia, becchi di avvoltoi, semi di frutta e una quantità impressionante di erbe magiche.

Dopo quasi due giorni di cura Tommy sembrava riprendersi e le ferite incominciarono a rimarginarsi.

In sostanza gli artigli della leonessa non entrarono in profondità nel petto di Tommy, protetto com'era dal suo normale abbigliamento sopra il quale aveva indossato una giacca di pelle di bue come una corazza, a protezione di eventuali frecce che potevano essere scoccate da indigeni solitari.

Tutti, a questo punto, riconobbero ancora una volta la potenza degli spiriti del grande stregone.

Intanto si dette inizio al banchetto che proseguì per ben tre giorni, ove ogni membro della tribù poté saziarsi a volontà della selvaggina cacciata.

Tommy, pur avendo appetito, non partecipò a questo banchetto di carne fresca cruda che si svolgeva in un modo cruento.

Florence, accortasi dell'isolamento di Tommy, andò a trovarlo nella capanna ove era in cura, una specie di infermeria ove cominciavano ad essere presenti i medicinali essenziali prodotti dalle industrie farmaceutiche europee, ma sempre sotto l'alta sorveglianza degli stregoni.

Tommy era debilitato sia per il sangue perduto e sia per la brutta avventura di cui era stato protagonista.

Florence trovò Tommy assonnato, seduto a terra, raggomitolato su se stesso, col capo appoggiato sulle ginocchia e la schiena appoggiata al palo centrale che sosteneva il tetto della capanna, volgendo le spalle all'ingresso.

La regina si avvicinò e pose la mano sulla sua spalla. Tommy trasalì al tatto vedendo quella mano bianca, e trasognando gridò: «Betty!».

Gli rispose una voce in francese.

«Non sono Betty ma Florence, la moglie di Lobenguela, conosciuto come il re dei Matabele. Tu conosci Betty?»

«È mia moglie, sono alla sua ricerca da almeno quindici giorni. Perché mi hai posto questa domanda?»

Florence si sentì a disagio. Come faceva a dirgli che aveva un nuovo compagno? Ma intanto urgeva rispondergli subito per non impensierirlo maggiormente.

«Durante il sonno hai invocato più volte Betty. Ecco perché ti ho chiesto di lei».

Tommy che aveva avvertito la flessione della voce nonché l'indecisione di Florence ribatté: «Ho avuto l'impressione che questo nome ti ricordasse una persona conosciuta da poco tempo. Poiché so che Betty è nel tuo territorio avendo seguito una carovana di tedeschi, credo che avresti potuto conoscerla.»

«In effetti, abbiamo dato asilo a dei tedeschi, forse Betty era con loro, ma non ricordo bene se ci fosse qualcuna con questo nome. Ad ogni modo ti posso dire che questa famiglia di tedeschi si è fermata a Livingstone non molto lontano dalle cascate Victoria. Scusa la mia indiscrezione, perché non sei con lei? Ci sono stati dei dissapori?»

«Signora - rispose Tommy - è una lunga storia, anzi una lunghissima storia, che ci ha tenuti separati. Lei credeva che fossi morto in battaglia. Invece non è stato così. Avevo perso la memoria e per guarire sono trascorsi oltre sei mesi. Comunque non capisco perché si sia allontanata dalla Natal, la nostra prima repubblica. Avevamo una casa graziosa ed una numerosa mandria. Avevamo tutto quello che si potesse desiderare. È anche vero che Betty agisce per impulso e quando trova delle difficoltà non fa altro che sbraitare per cambiare sede.

In questi quindici giorni di viaggio mi sono scervellato per capire il perché della sua decisione di abbandonare la Repubblica della Natal, appena costituita, e accodarsi al carro dei tedeschi. Ma ora che sono sulle sue tracce non la lascerò mai più».

«Scusa Tommy, da quanti mesi non vedi Betty?»

«Sono diciotto mesi, signora».

«Bene, non pensi che in tutto questo tempo Betty abbia trovato un nuovo compagno? A che scopo seguire un carro per migliaia di km se non si è seriamente motivati?»

«Eh sì, però non credo che la mia Betty possa stare con un altro uomo! Lo escludo in maniera categorica! Quando ci siamo conosciuti lei non aveva nessuna caratteristica di femminilità, sembrava più un uomo, con quei suoi possenti muscoli, che una donna con la sua civetteria».

«E con questo? Credi forse che sia rimasta come prima?»

«Certo che è cambiata. Allora era frigida. Sono stato io a insegnarle come comportarsi in amore».

«Senti Tommy, non che voglia entrare nelle tue vicende, ma se Betty ti ha creduto morto, non puoi pretendere che se ne sia stata con le mani in mano ad aspettare, magari, che tu risuscitassi. Da donna pratica ha dovuto per forza di cose cercare un qualsiasi sostegno per farsi aiutare a crescere suo figlio, governare la mandria, che a quanto pare è numerosa. Ed è per questo che ha seguito i tedeschi, una famiglia composta da almeno otto figli, tre femmine e cinque maschi, tutti bei ragazzi».

«Tu, signora, mi stai dicendo che la mia Betty mi ha tradito con uno di questi bellimbusti?»

«Tommy, ti prego, chiamami Florence. In questa terra d'Africa non esiste alcuna differenza fra i bianchi, siamo tutti amici. Poi ti voglio replicare che quello che ho detto è soltanto una mia supposizione».

«Una supposizione logica comunque».

«Non si abbandona un paese che ha raggiunto la sua indipendenza senza essere seriamente motivati da qualcosa. Non avrebbe mai potuto ottenere dei vantaggi stando ferma e indecisa senza più la compagnia di un uomo.

Tu cosa avresti fatto al suo posto?

Avresti continuato a versare le tue lacrime senza reagire al destino ingrato?»

«Beh, io non avrei lasciato per nessun motivo la Natal. Ma non escludo che a lungo andare se avessi incontrato un'altra ragazza l'avrei sposata».

«Bene così! Ora vuoi magiare un po' di carne ben cotta?

Ti vedo troppo debole per affrontare un altro viaggio. Ma poi perché partire quando potresti stare qui a Bulawayo e interessarti alla costruzione di una città o collaborare con mio padre alla ricerca dei giacimenti d'oro che sono seppelliti sotto i nostri piedi?

Si prevede un'affluenza notevole di persone che daranno vita ad una città dalle caratteristiche europee. Certamente non mancherà l'elemento femminile proveniente dall'Inghilterra, giovani donne che potranno consolare la tua solitudine e ridarti la felicità che ben meriti, dopo tutte le traversie che hai dovuto sopportare».

«Ti ringrazio, Florence, prima di prendere qualunque decisione voglio rivedere mia moglie e mio figlio François».

Capitolo XXIV

Sulla strada di Livingstone.

Non appena Tommy fu in grado di cavalcare, si congedò da Florence e Lobenguela. Gli regalarono un ronzino, come risarcimento del cavallo macellato, per raggiungere Livingstone, e il cibo per un paio di giorni. Doveva percorrere circa 350 chilometri. Florence ordinò ai suoi sudditi che gli restituissero la pistola con le poche cartucce rimastegli.

Tommy non si perse di coraggio e trotterellando parve avviarsi verso l'ignoto, un ignoto in assoluto, ove il destino l'aveva sospinto, senza eccessiva convinzione, ma solo per un obbligo verso la propria famiglia. Man mano che trascorrevano le ore, subentrarono in lui lo sconforto, la sonnolenza e la stanchezza.

Si fermò di colpo, perché non era più in grado di continuare il viaggio, cadde dal ronzino ai piedi di un albero, riparandosi dal sole cocente.

Tommy si assopì e vide la sua Betty fra le braccia del tedesco. Se lo raffigurò con le braccia lunghissime, sulle quali era distesa Betty. Poi continuando a sognare vide i due che giravoltavano su se stessi sul pavimento lucido del kraal di Lobenguela, mentre Florence li applaudiva con soddisfazione.

Si svegliò di soprassalto, scattando in piedi aveva avuto la sensazione d'essere assalito da una leonessa.

Era il ronzino che brucava l'erba attorno a lui, pauroso di allontanarsi dal padrone data l'incognita della savana.

Riavutosi, salì sulla sua groppa e via sulla strada che gli appariva sempre più lunga, sempre più difficile, sempre più ingrata.

«Cosa farò quando sarò arrivato?

Betty che reazione potrebbe avere?

E se per davvero fosse con un altro uomo, che ragione avrebbe il mio tormentoso viaggio?

Beh, si vedrà!

Devo solo proseguire per conoscere tutta la verità».

Al terzo giorno di viaggio ecco il sogno che si tramutava in realtà: una leonessa sbucò da un cespuglio.

Il ronzino, avvertito il pericolo, si diresse verso un vicino boschetto ad un'andatura galoppante mai avuta in passato, cercando di disarcionare Tommy. Intanto la leonessa, intuita la via di fuga del ronzino, si inoltrò nel boschetto lateralmente in modo da tagliargli la strada.

Visto il pericolo, Tommy si aggrappò al ramo basso di un albero e si inerpicò su quelli più in alto. Pensò in tal modo che se la leonessa si fosse a sua volta arrampicata per aggredirlo, i rami non l'avrebbero sostenuta.

Dall'albero vide il suo ronzino, libero dal proprio peso scappare speditamente. Ma ecco spuntare un altro leone come se lo aspettasse al varco. Un salto felino e il povero ronzino finì tra le sue fauci.

Tommy dovette aspettare molto tempo prima di scendere dall'albero.

I leoni, dopo aver sbranato il ronzino, trascinarono quello che restava verso un altro sito ove probabilmente attendevano i loro cuccioli.

Con calma circospetta si allontanò da quel posto, aumentando la sua andatura man mano che aumentava la distanza dai leoni.

A sera, finalmente, nel silenzio di quell'ambiente aspro e selvaggio, incominciò a sentire il fragore persistente di una cascata: «Sono arrivato all'inizio d'altre pene. Le supererò?»

Tommy fu preso dall'euforia, d'un tratto si mise a correre, ma debilitato com'era si accasciò al suolo dopo aver percorso un centinaio di metri. Il cuore gli batteva forte come se volesse schizzargli fuori dal petto. Stette così immobile, con il palmo delle mani affondate nell'erba, quando ad un tratto percepì che un serpente s'avvicinava strisciando con un movimento tortuoso spostando il fogliame accumulatosi sotto alcuni alberelli.

D'istinto fece un balzo in avanti e raccogliendo tutte le sue residue forze corse, corse tanto quanto non aveva mai fatto, e raggiunse in breve le cascate Victoria. Si buttò felice nelle acque, dopo aver sganciato il cinturone con la pistola.

«Finalmente sono salvo per l'ennesima volta» esclamò.

Rinfrescatosi per bene, ebbe l'amara sorpresa di veder il serpente ritto in posizione d'attacco. Tommy era in una conchetta, non poteva inoltrarsi nel fiume in quanto la forte corrente della cascata l'avrebbe travolto.

«Che fare?» ripeté per l'ennesima volta.

Comunque anche se il cobra, si fosse inoltrato nel fiume, data la velocità dell'acqua, avrebbe avuto difficoltà nell'agire per avventarsi contro lo sfortunato Tommy. Egli temeva soprattutto che lo spy-slange, come veniva chiamato dai Boeri, gli spruzzasse il veleno a distanza. "Sono prigioniero e mi tocca stare immobile fin quando questo *Naja haje* si stancherà di aspettarmi e mi lascerà in pace".

Infatti, il cobra, dopo essere stato nella stazione eretta per una decina di minuti, si raggomitolò aspettando che la sua preda uscisse dall'acqua. Vista poi l'immobilità della sua possibile cacciagione, si allontanò strisciando a zig-zag fra l'erba.

Il primo impeto di Tommy fu quello di prendere la pistola a rotazione, cercare il serpente e scaricargliela addosso; ma poi, pensando che il cobra potesse sbucare da un'altra direzione e paralizzarlo con lo sputo velenoso, cambiò parere avviandosi su un sentiero privo di erbe.

Cap. XXV

Verso la felicità.

Jürgen era felice come non lo era mai stato in vita sua. Ascoltò in silenzio il racconto confessione di Betty carezzandole il capo quando la sua voce veniva a mancare per l'emozione.

Betty non cercò in alcun modo di giustificarsi, anzi fu severa con se stessa, col sindacare il suo comportamento nei confronti di Cristian Gottschalk.

Jürgen la interruppe solo quando Betty nominò nel suo racconto Karl Hardenberg, il colonnello tedesco.

«Dove lo posso trovare?»

«Ha una grande fattoria sul lago Kariba, è un uomo ricchissimo e non ha battuto ciglio quando gli ho chiesto cinquemila sterline per la mia mandria, tranne qualche mucca per il nostro bisogno».

«Non può essere mai ricco quanto me.

Vedi questo sacchetto?»

«Certo che lo vedo!»

«Ma non sai cosa c'è dentro».

«Se non lo apri come faccio ad indovinare?»

«Allora chiudi gli occhi.»

Così dicendo le mise in mano una grossa pietra preziosa.

«Cos'è?

Oh, Jürgen, è un diamante?»

Betty, stringendo e riaprendo la mano, cercava di procrastinare la sua gioia, assaporare la temperatura della pietra, poi infine soddisfatta dischiuse gli occhi.

«È bellissimo! E tutti gli altri sono anch'essi diamanti?»

«Ma certo, mia cara. E non sono soltanto questi; ne ho un'intera cassetta in un posto sicuro. Sono l'uomo più ricco del mondo e questa fortuna la voglio dividere con te».

Si abbracciarono di nuovo e dopo le loro effusioni d'amore andarono nella stanza di François.

«Tu chi sei?» domandò il piccolo sillabando le parole.

«Mio piccolo amore, sono tuo padre!»

«Non è vero, mio padre è morto».

«Caro, sono stato ferito ed ho perduto la memoria. Ora sono guarito e sono venuto per portarti via da questo posto solitario e vivere in una grande villa da veri signori.

La mamma è d'accordo con me, ora ti vestirai e andremo via».

«Lui non si muoverà da qui e neanche Betty - interruppe Cristian, sopraggiunto in quel momento. - Tu chi sei?»

«Sono il padre di François e il marito di Betty».

«Non può essere vero! Betty, parla, dimmi che non è vero!»

«Cristian, mi dispiace, ma è così».

«Tu menti!»

«Per quale motivo dovrei mentire?»

«No Betty, tu mi hai sempre detto che tuo marito è stato massacrato dagli Zulù».

«Cristian, non adirarti, ti prego, devi accettare la realtà. Lui ha perduto la memoria e ora che l'ha ritrovata è venuto per portarmi via da qui. Io l'amo ancora, Cristian. Certo, Cristian, non te ne sei accorto durante tutto il tempo che siamo stati insieme? Non ti ricordi quando qualche volta mi venivano le lacrime agli occhi, e tu mi domandavi del perché? Ed era per lui che piangevo. Ora non puoi impedirmi di seguirlo. Tutto quello che abbiamo costruito insieme te lo cedo senza alcuna ricompensa. Non porterò via da qui neanche uno spillo.

E poi, voglio dirti una cosa: perché non mi hai mai chiesto di sposarti? Volevi essere sempre libero di non legarti a me, di non impegnarti in un serio legame; tutto ciò voleva dire che al momento opportuno te ne saresti andato lasciandomi in miseria.

Ora ho ritrovato mio marito, a cui sono legata dal sacro vincolo del matrimonio. Tu sai benissimo che sono calvinista fedele ai suoi sacri comandamenti».

Cristian scoppiò a piangere e piagnucolando andava ripetendo: «Come farò da solo a portare avanti queste attività che abbiamo cominciato insieme? In questi primi anni c'è costantemente bisogno di denaro. Finora siamo andati avanti grazie all'apporto di capitale venuto in nostro possesso dietro la vendita di gran parte della mandria al Colonnello».

«Cristian, se è per questo ti ho detto già che ti lascerò tutti i miei beni senza pretendere niente da te. Aspetta un momento, ora te lo dimostrerò in modo che te ne convincerai».

Andò in camera sua e tra la lana del materasso estrasse il suo tesoro, poi ridiscese.

Intanto Cristian, per scacciare ogni suo dubbio, si rivolse a Jürgen: «Tu come ti chiami?»

Dopo un'esitazione rispose: «Ma Tommy, naturalmente. Perché questa domanda?»

«Per fugare ogni mio dubbio».

Betty ritornando nella camera del figlio si rivolse a Cristian: «Ecco, qui ci sono tremila sterline ed è tutto quello che posseggo».

«Betty, ti voglio dire soltanto una cosa: mi hai veramente amato?»

«No Cristian. Per essere sincera ho avuto un solo momento di debolezza quando ti ho fatto salire sul mio carro. In quella serata mi sentivo terribilmente sola. Poi, ti sono stata vicino per aver un aiuto nel governare la mandria. Ma fra noi due non vi è stato mai vero amore».

«E così mi lasci?»

«Sì Cristian, devi capire, ho ritrovato mio marito».

«Allora addio, Betty, io invece ti ho sempre amata con passione. Addio, addio mia cara».

Jürgen, che aveva seguito tutta la vicenda in silenzio, rivolgendosi a Betty le disse:

«In tal modo ti sei comprata la libertà».

«Non ne valeva la pena?»

«Ma certo, hai fatto benissimo».

«Ora carica sul carro i tuoi vestiti e quelli di François, andiamo via. Devo incontrare il Colonnello e non vorrei arrivare troppo tardi».

«Sì Jürgen, in pochi minuti sarò sul carro accanto a te, per non separarmi mai più».

****

Jürgen, Betty e François furono ospitati dal colonnello Karl Hardenberg. Al piccolo François venne servita una minestrina leggera, il latte con i biscotti e poi fu messo a letto.

Durante la cena Duplessis Jürgen incominciò a parlare d'affari. Disse ch'era disposto ad acquistare tutta la produzione di tabacco pagandola con dei diamanti.

«Oh, questa è bella - rispose il colonnello - vi è un'inflazione di diamanti in Sudafrica, ora non valgono gran che».

«Bisogna distinguere - ribatté Jürgen - quali sono quelli pregiati».

«Forse i suoi hanno una caratura superiore rispetto a quelli che si trovano dappertutto?»

«Certamente si!»

«Ammesso - proseguì il colonnello - che il prossimo anno riesca a produrre cento tonnellate di tabacco, come farete a trasportarlo a città del Capo e da lì distribuirlo in tutto il mondo»

«Ho preso gli opportuni accordi con Lobenguela. Costruirò una ferrovia da Bulawayo a Beira, che è un ottimo porto, nel Mozambico».

«Sì, ah sì, ho sentito parlare che sono in corso questi lavori. Anch'io volevo attuare un simile progetto. Poi l'ho ritenuto inattuabile».

«Questo spetta a me deciderlo. Sono qui per sapere da lei se è disposto a coltivare tabacco. Con Lobenguela ho già stabilito il prezzo».

«In diamanti?»

«Certo, colonnello».

«Io non sono Lobenguela, conosco l'attuale quotazione dei diamanti, ma preferirei trattare in marchi o sterline».

«Le miniere di diamanti - rispose Jürgen - ora sono in mano a Cecil Rhodes che ne manterrà il valore con un cartello internazionale.

Ripeto che i diamanti in mio possesso non sono facilmente reperibili perché sono di una caratura superiore a quelli che attualmente si trovano in commercio».

«Però, deve ammettere, vi è tuttora l'inflazione dei brillanti ed è piuttosto facile trovarli sul mercato di città del Capo o di Durban.

Comunque posso vedere i diamanti?»

«Certamente».

E così dicendo Jürgen prese il sacchettino dalla sua giacca e ne versò il contenuto sulla tovaglia.

Il colonnello rimase abbagliato da tanto splendore.

«Posso prendere un campione?»

«Naturalmente».

«Ho bisogno di tre mesi per darle una risposta».

«Non è possibile, debbo sapere ora o tuttalpiù domani la sua risposta. Se lei acconsente, intraprenderò le operazioni che mi permetteranno di prolungare la ferrovia fino al porto di Beira nel Mozambico».

«Questi intanto li tengo io» proseguì il Colonnello.

«Eh no, così non va, caro Colonnello, facciamo a metà, li divida lei stesso ed io mi riprenderò l'altra metà».

Conclusi gli accordi commerciali, Jürgen all'indomani fece ritorno a Bulawayo per riferire a Florence e Lobenguela sulla sua missione e assicurargli che i lavori della ferrovia avrebbero avuto inizio subito, anche sul suo territorio, con l'aiuto naturalmente della mano d'opera indigena, e che si sarebbe recato a Beira per trattare la questione con le autorità Portoghesi.

Capitolo XXVI

La conclusione del viaggio.

Tommy si trascinava a fatica lungo il viottolo, appena visibile per le alte erbe, che serpeggiava attraverso i campi. Intuiva che questo collegava il lago Vittoria con Livingstone. Giunse sul far della sera trafelato ed affamato all'unico fabbricato esistente in quel posto.

Era un alberghetto con annesso un emporio. Vi entrò barcollando, fatti pochi passi colto da malore stramazzò al suolo.

Cristian corse a soccorrerlo, lo adagiò su una panca, poi gli diede del latte da bere in una scodella e del pane raffermo. Tommy lo inzuppò affinché potesse essere ben masticato. Ripresosi per aver finalmente qualcosa in pancia da digerire, incominciò ad osservare il locale.

Poi domandò: «Livingstone è ancora lontana?»

«Tu sei già a Livingstone - rispose Cristian - cerchi qualcuno? Il Villaggio sembra piccolo, ma non lo è, in quanto le abitazioni sono distanziate le une dalle altre».

«Ah si? Son venuto fin qua per rintracciare la mia famiglia».

«Siamo in pochi qui, ci conosciamo tutti. Se posso esserti utile, dì pure».

«Mi è stato riferito che mia moglie - riprese a dire Tommy - è arrivata fin qui con la sua mandria seguendo un convoglio di gente d'origine tedesca. Non so dirti altro».

«Dimmi il nome, il nome» urlò Cristian!

«Cosa ti prende, perché gridi a questo modo».

195

«Insomma vuoi pronunciare questo benedetto nome!»

«Ma certamente, non ti agitare. Mia moglie si chiama Betty Orange, la conosci forse?».

Cristian saltò dalla sedia:

«Cosa stai dicendo!

Chi sei tu che sembri spuntare dall'oltretomba.

Dimmi immediatamente cosa vuoi!»

«Come cosa voglio! Sono il marito di Betty, e François è mio figlio».

«Ma non può essere vero! Qui c'è un impostore, o sei tu o è l'altro».

«Ma di chi stai parlando?

Chi è l'altro? Ti prego, non farmi stare sulle spine, dimmi quel che sai, e dove sono Betty e mio figlio!»

«Quale matassa mi tocca sbrogliare! - esclamò furioso Cristian - Betty era qui con me».

«Cosa vuoi dire che era con te!

E se era con te, ora dov'è?»

Cristian calmandosi alquanto pensando alle tremila sterline ricevute riprese a dire:

«È proprio così! Betty mi ha lasciato mettendosi con un bellimbusto!»

Detto questo, a Cristian si inumidirono gli occhi per la commozione.

Tommy rimase stupefatto, senza parole, inaridito più di prima, cioè, da quando era stato soccorso da Cristian. L'ultima notizia gli aveva impietrito di colpo il cuore.

«Vai col diavolo Betty, vai col diavolo - imprecava sottovoce Tommy - tu non mi meriti, hai distrutto la mia vita. Per te ho rischiato di morire non una o due, ma per ben quattro volte. Ora basta sono stufa di te.

Tu, evidentemente, non mi hai mai amato».

Tommy non ascoltava più Cristian che, con l'intento di far capire a Tommy la sua sofferenza, il suo patimento per la perdita di Betty, andava a soppesare le parole, in una sequenza di toni ora alta ed ora bassa, interrotta da singhiozzi per dire: «Quando aveva bisogno di me, è stata lei a condurmi sul suo carro in una meravigliosa notte d'aprile. Ora che non abbiamo più la mandria ma solo un modesto alberghetto con questo emporio che non frutta gran ché, non ha esitato un solo istante a lasciarmi solo in questo deserto. Se non fosse stato per lei sarei ancora con la mia famiglia, con la mia mamma e il mio papà che mi accudivano con tanto amore.

Ora mi sento povero e pazzo, con la morte nel cuore per la perdita della mia Betty e l'affetto del piccolo François».

Tommy ebbe un sussulto, si riscosse subitaneamente: «Dimmi, dimmi, come sta François? È cresciuto, quanto è alto? Oh come vorrei sentire la sua voce, vederlo sorridere, prenderlo in braccio e stringermelo al mio cuore».

«Davvero sei suo padre?

Beh! Io ti sapevo morto ma non sepolto. Se stai dicendo la verità, allora è proprio vero che quando si muore, per esserne certi, si deve vedere che il cadavere venga anche inumato».

«Non ho alcun motivo di raccontarti frottole, e poi a che scopo?

Ti ripeto, sono il marito di Betty d'Orleans e il padre di François. Però debbo dire che effettivamente Betty mi crede morto. Sei a conoscenza della strage dei settanta Boeri guidati da Peter Retief per opera degli Zulu?»

«Certo che ne sono a conoscenza, in quel villaggio ho incontrato Betty».

«Ebbene, io ero fra loro e mi sono salvato solo perché sono stato il primo a cadere dal cavallo che era stato colpito a morte. Mentre ero con una gamba sotto la sua carcassa, mi sono piombati addosso tutti gli altri miei compagni di sventura massacrati dagli Zulu. Capisci ora?

Sono stato seppellito dai cadaveri dei miei amici. Sono stato l'unico a sopravvivere a quell'agguato. Ed ora mi credi?»

«Beh, la tua storia è verosimile. Ma essendo vivo, perché non hai cercato subito la tua famiglia?»

«Questa è un'altra storia. Ora mi preme sapere dove posso trovare François. Ti prego, dimmi la verità, chi è l'altro uomo?»

«Non lo conosco, ma ho visto che andando via da qui ha preso la strada che conduce al lago di Kariba ove il colonnello Karl Hardenberg ha ottenuto una concessione di un vasto territorio da Lobenguela».

«Vado subito da lui, certamente mi dirà dove lo posso trovare».

«Ma dove vai a quest'ora, non vedi che è buio?

Non troveresti mai la strada.

Poi in queste condizioni verresti preso per uno straccione ed il colonnello ti si negherà oppure farà fatica a riceverti.

Tanto un giorno in più o in meno non cambierà gran ché la tua sorte. Ti conviene riposarti per stanotte e con abiti nuovi ti puoi presentare come un gentleman al colonnello».

«E dove li prendo gli abiti nuovi?»

«Te li darò io!»

«Ma io non ho denari».

«Mi puoi ricompensare aiutandomi a mettere in ordine l'albergo. Dopo la partenza di Betty la costruzione di un'altra stanza è rimasta sospesa. Potrai addirittura dormire nel suo letto!»

«Che senso ha dormire senza di lei?»

«Beh, potresti abbracciare il suo cuscino e assaporare il profumo del suo corpo intriso finanche nei materassi. Non è meglio che niente?»

«Mah! Forse il tuo ragionamento non dovrebbe fare una piega, ma io ho fretta di rivedere mio figlio».

«Calma, calma, devi prima avere il tempo di ponderare ben benino quello che è giusto fare. In secondo luogo è bene che tu mi racconti perché ti sei nascosto per tutto questo tempo. Avremo modo di ragionare insieme, dato che siamo stati abbandonati da Betty, e poi preparare la nostra vendetta verso quell'uomo che deve essere un vero impostore.

Poi deciderà lei se continuare a vivere con me o ritornare da te. Riconosco che tu hai più meriti di me, ma non si può mai sapere cosa frulla nella testolina di Betty».

****

Tommy prestò la sua opera nell'alberghetto per oltre un mese. Infine Cristian si rese conto che per Tommy, ogni giorno trascorso lì a Livingstone, era un'autentica sofferenza. Considerando che da sua moglie aveva ricevuto tremila sterline e che queste provenivano dalla vendita della mandria di cui Tommy era comproprietario, e vedendolo triste, una sera a cena gli disse: «Sei libero, libero di andare a ricercare Betty e François. Se vuoi potrai partire all'alba. Poiché mi sei stato utile, ti darò oltre ai vestiti nuovi anche il cavallo Tiberio che tanto apprezzi. Speriamo che non faccia la fine degli altri che hai cavalcato. Ti prego soltanto di farmi sapere tutto sulle tue indagini. Addio Tommy, salutiamoci qui dopo aver bevuto un altro bicchiere di vino».

Era ancora buio quando Tommy partì al galoppo verso la fattoria del colonnello. Vi arrivò quando il sole era già spuntato da un pezzo. Nell'attesa d'essere ricevuto, il cuore gli incominciò a battere sempre più rapidamente. Aveva detto all'inserviente di chiamarsi Duplessis.

Il colonnello volle di proposito farlo attendere più del necessario. Era meravigliato che quel riccone di Duplessis, col quale si era messo d'accordo sulla fornitura del tabacco, fosse ritornato alla sua fattoria così presto.

Per dirgli cosa?

Forse per annullare il contratto?

Com'era possibile, era un assurdo, un uomo così deciso non può disporre della facoltà d'interrompere una trattativa tanto impegnativa.

Lo spiò a lungo dal buco della serratura della porta. Ma lui gli voltava le spalle e non poté vederlo in viso.

Alfine si decise di comparire, rivolgendosi in modo molto amichevole.

«E così, Jürgen, sei già di ritorno?

Come stanno François e Betty?»

Tommy si voltò di scatto.

«Colonnello Hardenberg! Cosa intende dire!

Lei conosce mia moglie e mio figlio?»

«Signor Duplessis, lei non è Jürgen, anche se gli rassomiglia».

«Jürgen è mio fratello! Mi deve spiegare questo pasticcio».

«Questo non è un pasticcio ma un imbroglio bello e buono. Non ci capisco più niente, però i diamanti sono veri. Spero di non essere stato raggirato».

«Colonnello Hardenberg, chiariamoci le idee!

La prego di descrivermi mio fratello Jürgen, mia moglie e il piccolo François per fugare ogni dubbio».

«Sediamoci, intanto, e andiamo per ordine.

Jürgen mi è stato raccomandato da Florence e Lobenguela. Mi hanno quasi imposto di coltivare tabacco …»

«Per cortesia, colonnello, mi parli soltanto di mia moglie e di mio figlio. Il resto non mi interessa».

«Ed allora incomincio da capo».

«Colonnello, le ripeto, desidero solo sapere dove si sono diretti mia moglie, mio figlio e mio fratello».

«Dopo che abbiamo parlato d'affari mi hanno detto che sarebbero ritornati da Florence e Lobenguela, per metterli al corrente degli accordi …»

«Basta così, colonnello, grazie dell'informazione, mi recherò subito da loro».

«Ragazzo mio, mi scusi se la chiamo così, lei deve conoscere prima di prendere delle decisioni, che una volta prese è difficile tornare indietro, come si sono svolti i fatti. Tanto per iniziare deve sapere se queste persone che ha nominato corrispondono esattamente ai suoi familiari e poi, per quali ragioni viaggiano insieme.

Sapevo che Betty era la compagna di Cristian, figlio del mio carissimo amico d'infanzia George Gottschalk, e sinceramente non so quale è stata la causa che l'ha indotta a lasciare Livingstone.

Ora che mi ricordo, lei dovrebbe essere Tommy, ucciso insieme ai settanta Boeri dagli Zulu».

«Sì, è così, soltanto che sono vivo, vivo e non morto.

Ho sbagliato forse a non morire?

Dovevo apparire davanti a quei selvaggi e dire d'essere stato risparmiato dalle loro frecce e che ora aspettavo la morte per far compagnia ai miei compagni caduti?

Ed, infatti, un guerriero tentò d'uccidermi dopo che loro sono stati sterminati da Pretorius!»

Detto questo, scoppiò a piangere.

«Su, su con la vita. Non si abbatta.

La sola cosa che vale in questo mondo è vivere ... sì, vivere in qualsiasi modo, purché si viva. Quando si pensa esageratamente ai propri guai, allora succede che si desidera morire, fare atti inconsulti o trascorrere i giorni in continui tormenti e affliggersi in continui rompicapi.

Ora si calmi, andiamo fuori da questo locale, mi sembra che le pareti ci debbano crollare addosso, prendiamo aria, aria di libertà».

«È strano, caro Colonnello, prima di sposarmi avevo consigliato a Jürgen di provarci con Betty.

Lui rifiutò.

Lo sa perché?»

«Non l'immagino».

«Aveva paura d'essere schiaffeggiato; aveva paura che, con quei muscoli da uomo, lo avrebbe stordito se avesse osato un'avance audace. Lui, che era più piccolo d'età, aveva soggezione di lei e si sentiva ancora un ragazzino nei suoi confronti. Invece sin d'allora certamente l'amava. Quando ballavano insieme era una meraviglia guardarli; due eccellenti ballerini al di sopra di ogni dire. - Dopo una sosta per riprendere fiato e concentrarsi maggiormente sul fratello, Tommy continuò - E quando io e Betty ci siamo sposati, lui è cambiato di colpo. Ora capisco che subì un trauma, un trauma che forse l'accompagnerà ancora per tutta la vita. Caro il mio fratello, involontariamente ti ho fatto del male! Gli ho detto perfino che avrei preferito fare l'amore con una schiava anziché con lei».

«E lui ci ha creduto?»

«Sì! Purtroppo! Forse aspettava d'essere più maturo per proporle il suo amore.

Caro il mio Jürgen, ora che hai raggiunto la ricchezza godila del tutto ma fai partecipe della tua felicità Betty e mio figlio François. - Tommy s'interruppe di nuovo. Si concesse una breve pausa di riflessione, poi continuò. - Sì, colonnello, ho deciso, farò ancora il morto, non voglio disturbare la loro felicità. Il destino ha tentato di fermarmi più volte. Ed io, caparbio, sempre alla ricerca di Betty.

Quanti segnali Iddio mi ha mandato senza che io riuscissi a interpretarli.

Ma mi ha sempre preservato la vita.

Il buon Dio ha deciso che io viva, come lei mi ha detto pocanzi, ma senza il rompicapo della famiglia.

Oh Dio! Dio!

Sia come tu vuoi, forse il dolore di Jürgen è stato superiore al mio e quindi lui merita il dono dell'amore di Betty e del mio bambino».

Alquanto stanco di rincorrere Betty, accettando ormai il fatto compiuto, ma ancora con un briciolo di speranza, Tommy aggiunse:

«Se io la raggiungessi al kraal di Lobenguela, cosa cambierebbe?

Mi dica, colonnello, lei che ha più esperienza di me, potrei cambiare il percorso della mia vita, quella di Betty e di Jürgen?»

«Temo di no.

Aggiungeresti alla tua tristezza altri dolori e amareggeresti per sempre i tuoi cari».

«Sì colonnello, lei ha ragione, continuerò a fare il morto».

Cap. XXVII

Il morto che vive.

Tommy rientrò a Livingstone da Cristian Gottschalk.

Nel corso degli anni ebbe occasione di conoscere ben bene le sue sorelle.

Ne sposò una con la quale ebbe una numerosa prole. Finalmente aveva trovato la pace e la serenità.

Ogni tanto si rivedeva con il colonnello senza mai parlare della sua ex moglie e di Jürgen.

Tommy seppe, comunque, che suo fratello era socio, oltre che del padre di Florence per lo sfruttamento delle miniere d'oro, nel territorio di Lobenguela, anche della ferrovia che dal porto di Beira conduceva alla capitale del Matabele, Bulawayo.

Seppe infine che Jürgen si era stabilito in pianta stabile a Beira nel Mozambico.

Seppe inoltre che Betty aveva messo al mondo altri figli.

Di tutto ciò Tommy, alla fin fine, era contento e soddisfatto.

Non invidiò mai le ricchezze del fratello e mai fece sapere alla sua famiglia d'origine d'essere vivo.

Lui era ormai un altro uomo, solo che aveva mantenuto il suo nome ma non il cognome per non essere identificato.

Il colonnello, da quell'uomo d'onore che era, non rivelò mai a nessuno chi era veramente Tommy.

Duplessis Tommy era morto per sempre insieme ai settanta Boeri con il loro capo Pieter Retief, ma vendicato da Andries Pretorius.

Dopo circa venti anni di felicità gli morì la moglie per un cancro allo stomaco dovuto alle infezioni dei bovini. Pianse sinceramente la sua dipartita.

Di lì a qualche anno il Colonnello, nonostante gli acciacchi, giunse a Livingstone per far visita a Tommy. Egli ne fu meravigliato in quanto sapeva che il Colonnello, data l'età avanzata, non usciva più di casa da qualche anno.

«Caro il mio Tommy, purtroppo ti devo dare una brutta notizia.
Jürgen è morto l'altra sera a Beira.
Mi ha mandato questo plico che devo consegnarti personalmente.
Aprilo quando io sarò andato via.
Condoglianze, mio caro Tommy, forse non ci vedremo mai più a causa della mia vecchiaia, come vedi non riesco più a camminare senza il mio bastone di sostegno. Per cui ti voglio abbracciare prima di dirti addio per sempre».

****

Tommy restò pensieroso nella sua camera da letto.
Non osava aprire il plico per continuare a non sapere. Aveva cancellato dalla sua mente il passato ed ecco, ora, all'improvviso ritornare i fantasmi che avevano esacerbato la sua vita giovanile.
«Allora la mia pace non è finita?
Debbo ancora soffrire e per che cosa?
Vent'anni fa avevo perduto tutto: la moglie, François, i miei beni.
Ora mi è subentrato l'affetto degli altri figli, ma ho perduto quello della mia famiglia originaria».
Così Tommy rimembrava il suo passato, con un nodo alla gola. Si mise a camminare avanti e indietro nella stanza, tenendo le braccia

lungo la schiena con il plico nelle mani, quasi che non lo volesse vedere.

«Cosa ci sarà in questo pacchettino?

Allora Jürgen sapeva che ero vivo. Ecco come si spiega la generosità del Colonnello che mi ha assegnato, come regalo di nozze, addirittura un feudo da coltivare e una mandria.

È incredibile tutto questo! Lui ha comprato anche la mia vita.

Quanto è grande la potenza del denaro!»

Tommy sembrava sconvolto per la morte di Jürgen. Pensava che nell'ordine naturale delle cose sarebbe toccato a lui morire prima del fratello. Poi il suo pensiero cadde su Betty.

«Ora, poverina, è rimasta sola.

Sapeva anche lei che ero vivo e che l'ho cercata in tutto il Sudafrica?

Mah, mah!

Dovrei aprire il plico per saperlo?»

Tommy si abbandonava a mille supposizioni e alla fine ripeteva a se stesso:

«Ma io già lo so. Ella sapeva, sapeva ch'ero vivo.

Lei non mi ha mai amato, ecco la verità!

Aprirò il plico domani mattina, ora ho bisogno di dormire».

Ma Tommy non riusciva a prendere sonno.

La curiosità ebbe il sopravvento, si alzò di scatto dal letto, prese uno stiletto e aprì il plico.

Gli caddero sulle mani una ventina di diamanti.

Poi una lettera sigillata.

L'aprì.

Una scrittura minuta ricopriva due fogli di carta con calligrafia irregolare. Incominciò a leggerla e in fondo al secondo foglio, dopo la firma di Jürgen, vi era un rigo coperto da un'altra grafia:

«Ti ho voluto bene. Il destino ha voluto che noi non vivessimo insieme. Un abbraccio forte, forte, la tua Betty».

Le lacrime, serpeggiando con lentezza, solcarono il volto di Tommy, si fermarono agli angoli della sua bocca e il sapore amaro di queste lo riportarono in su la vita della sua esistenza.

«Così lo sapevano! Già sapevano che ero vivo.

Ma non hanno avuto il coraggio d'incontrarmi.

È meglio così, certo, in questo modo le mie ferite si sono da tempo rimarginate ed anche le ferite della loro coscienza si saranno cristallizzate».

La lettera era stata scritta in due periodi differenti.

Il primo foglio era stato compilato venti anni prima. Cominciava così:

«Caro, caro Tommy.

Quando riceverai questa lettera io, certamente, non ci sarò più.

Ho cominciato a scriverla quando per caso seppi che ti eri sposato con la sorella di Cristian Gottschalk. Allora ti ho fatto subito assegnare una fattoria, completa di armenti, per rifarti del patrimonio perduto, frutto del tuo lavoro. Ma non ho mai avuto il coraggio di spedirtela. Ho lasciato scritto che ti fosse recapitata solo nel caso che dovessi morire prima di te.

Ho sempre avuto tale presentimento.

E sì, perché mi sposto continuamente fra tribù guerriere ferocemente nemiche dell'uomo bianco.

Ed anche perché io dalla vita ho avuto tanto, veramente tanto, divertimento, ricchezza, onori, soddisfazioni d'ogni genere. Ma quello che più mi stava a cuore era raggiungere la felicità con Betty. Sì, lo so che tocco un tasto che potrebbe far ricordare le tue sofferenze, ma io e Betty ti credevamo morto.

Addio Tommy, non mi serbare rancore.

Jürgen».

Il secondo foglio era stato compilato con la data di qualche anno addietro.

«Caro Tommy.

Sono seriamente ammalato. Ho la tubercolosi prodotta dalla polvere d'oro assorbita durante la sua lavorazione. Non credo che arriverò a veder il prossimo anno. Ho saputo dal colonnello che ti è mancata la moglie. Mi dispiace molto e ti invio le mie sincere condoglianze.

Sono stato un buon padre per François. Si è sposato e vive qui accanto a me, a Beira. Tu sei nonno di un maschio e due femmine.

Betty non ti ha mai dimenticato. Dopo la mia morte resterà sola.

Anche gli altri figli, avuti con me, si sono allontanati da casa. Non so proprio perché. Qui avevano tutto ciò che potessero desiderare, e invece no, si sono sparsi in Rhodesia, a Kimberley, a Bloemfontein e l'ultima nel Campus Universitario di Città del Capo. Non lo trovi strano?

Forse il Padre Eterno ha voluto privarmi del loro costante affetto, come è avvenuto per te con François.

Pazienza!

So che i miei figli stanno bene in salute e i maschi si interessano di politica. Proprio quella che non ho mai gradito.

Vorrei che tu rivedessi Betty.

Sì Tommy, questo è il mio ultimo desiderio.

Addio, caro fratello. Addio».

Epilogo

Tommy si recò in ferrovia a Beira nel Mozambico.

Chiese alla servitù di essere annunciato alla Signora. Poiché Betty aveva dato disposizione di non essere disturbata al mattino, gli fu risposto che non era in casa ma che comunque poteva lasciare il suo recapito per essere convocato.

Tommy stava andando via dalla villa quando un urlo lo fece girare.

Era Betty che gli correva incontro gridando il suo nome; in lacrime lo abbracciò.

Poi, riavutasi, gli disse: «Caro Tommy, ti ringrazio di essere venuto. Sono ancora sconvolta per la morte di Jürgen.

E tu, dimmi, mi puoi perdonare?

Te lo volevo chiedere da tanti anni, ma non ho avuto mai il coraggio di scivertelo.

Sono stata debole, lo so, ma allora credevo di non aver scelta per far crescere il nostro bambino in prosperità».

«Non parliamo del passato, ti prego, se sono qui è per rivederti, abbracciare mio figlio ed i nostri nipotini.

Sono qui?

Vivono con te?»

«Sì, Tommy. Li puoi incontrare fra poco. Sono tutti a scuola.

François e la moglie Mery sono insegnanti.

Benché siano giovani, hanno ricevuto numerose richieste di insegnare nelle varie province della Colonia del Capo. Fra queste vi erano quelle insistenti di Florence e Lobenguela. Li vogliono ad ogni costo a Bulawayo.

Erano tanto affezionati a Jürgen e si sentono obbligati nei suoi confronti».

«Ciò che mi hai riferito l'ho appreso da Florence e Lobenguela al momento della mia partenza per Beira.

Loro hanno anche espresso il desiderio di rivederti alle cascate Victoria, abbracciarci lì per l'ultima volta, prima che la morte possa ancora colpire uno di noi».

«Non credo proprio che possiamo ancora rivederci» rispose Betty con determinazione.

****

Di lì a qualche ora, più tardi, ecco che Tommy poté riabbracciare suo figlio François e la sua famiglia.

Finalmente Tommy poté dirsi soddisfatto avendo la certezza che il suo amato figliuolo stesse bene in salute e contento della sua esistenza a fianco della sua graziosa mogliettina.

Il giorno successivo, al momento degli addii, Tommy rivolgendosi separatamente a Betty le disse:

«Comunque sappi che appena rientrerò a Livingstone mi recherò ogni domenica alle cascate Victoria per suonare il mio flauto nella più completa solitudine, per rinverdire gli anni della nostra giovinezza, quando tu ballavi con Jürgen.

Ero allora felice.

Potrei esserlo ancora se tu acconsentissi alla richiesta di Florence e Lobenguela.

Certamente, se verrai, non ti lascerei più di andar via. Allora addio o arrivederci?»

«Purtroppo devo dirti addio caro Tommy, qui ho la mia casa, nostro figlio e i nostri nipotini. Non posso proprio venire da te.

Addio Tommy».

****

Invece i casi della vita ci fanno cambiare radicalmente la nostra esistenza.

A Beira erano scoppiati tumulti da parte dei mozambicani contro l'amministrazione Portoghese.

François era stato coinvolto con la sua famiglia in questi disordini e per poco non perse la vita.

Accettarono l'invito di Florence e Lobenguela di trasferirsi a Bulawayo ed esercitare colà l'insegnamento ai loro sudditi.

Betty n'ebbe un piacere immenso.

Liquidò tutto ciò che aveva a Beira e si accodò a François.

Alla sua prima domenica a Bulawayo, cavalcando un cavallo bianco, che le aveva procurato Florence, vestita da amazzone, si recò alle cascate Vittoria.

Lì rivide il suo primo amore, si abbracciarono per non lasciarsi mai più.

Tommy e Betty si trasferirono in pianta stabile nella capitale del regno di Lobenguela.

FINE

213

INDICE

Altre pubblicazioni dell'autore:

"Il feudo dei principi d'Alcantara", con nove recensioni, edito nel 2010 da "Il Filo";
-"Prolusione storica sulle poesie di Brubama Tanosatome Vemo Vofilipaca, edito da "Seneca Edizioni 2012";
"Il Dio in Assoluto - La vita sul pianeta Terra" - Saggio - "Edizioni Simple 2013";
I Boeri - Le storie - edito da Youcanprint, 2014.

Finito di stampare nel mese di Aprile 2015
per conto di Youcanprint *Self-Publishing*

CPSIA information can be obtained
at www.ICGtesting.com
Printed in the USA
LVHW111302140719
624038LV00005B/762/P